梅庆吉 编著

唐诗动物园

大连出版社
DALIAN PUBLISHING HOUSE

图书在版编目（CIP）数据

唐诗动物园 / 梅庆吉编著. —大连：大连出版社，2009.1

ISBN 978-7-80684-605-6

Ⅰ.唐… Ⅱ.梅… Ⅲ.①唐诗－选集②动物－普及读物

Ⅳ.I222.742 Q95-49

中国版本图书馆 CIP 数据核字（2008）第 028863 号

责任编辑：刘晓媛

封面设计：曹艺

版式设计：曹艺

封面题字：翟鑫

责任校对：刘晓媛

出版发行者：大连出版社

地址：大连市西岗区长白街 10 号

邮编：116011

电话：(0411)83620416 83620941

传真：(0411)83610391

http：www.dl-press.com

e-mail：cbs@dl.gov.cn

印刷者：大连金华光彩色印刷有限公司

经销者：各地新华书店

幅面尺寸：170mm × 235mm

印张：13

字数：200 千字

出版时间：2009 年 1 月第 1 版

印刷时间：2009 年 1 月第 1 次印刷

印数：1～4000 册

书号：ISBN 978-7-80684-605-6

定价：39.00 元

目录

鹭鸶

鹦鹉

鹤

伯劳

鸡

鹰

莺

鸭

鸲鹆

孔雀

黄鸟

燕

龙

龙池篇①　　沈佺期

龙池跃龙龙已飞，龙德先天天不违②。
池开天汉分黄道③，龙向天门入紫微④。
邸第楼台多气色，君王凫雁有光辉⑤。
为报寰中百川水⑥，来朝此地莫东归。

【难点疏通】

①龙池：在唐长安隆庆坊玄宗未即位时所居的旧邸宅旁，宅中有井，井溢成池。中宗时数有云龙出现。后引龙首堰水注池，池面益广，取名龙池。玄宗即位后于隆庆坊建兴庆宫，龙池被包容于内。此诗作于开元二年(714)阴历六月四日。　②龙德：圣人之德，天子之德。先天天不违：语出《易·乾》："夫大人者，与天地合其德，与四时合其序，与鬼神合其吉凶，先天而天弗违，后天而奉天时。"意谓先于天时而行事，有先见之明。　③天汉：天河。黄道：古人想象的太阳周年运行的轨道。　④紫微：即紫微垣，星官名，三垣之一。也指帝王宫殿。⑤凫雁：指朝中大臣像凫雁一样两边站立。　⑥报：告之。寰中：天下。

【诗义解说】

从龙池里跃出来的龙已飞向蓝天，圣贤秉承上天之德天也不会违背。龙池按照天河和黄道进行划分，龙已飞向天门进入紫微。所有的住宅楼阁都染上了喜庆之色，君王和大臣们也都显得富有光辉。我这里要告诉天下所有的河流，都要到这里来朝拜不要向东方流去。

南宋·陈容《墨龙图》

陈容，南宋人，号所翁，今福建福清人。能诗善画，喜爱画龙、竹。画面上云雾翻滚，巨龙跃于太空，搅动云气，须目怒张，鳞爪锐利，淋漓尽致地表现了龙凶猛强悍的形态。技法上纯以水墨绘成，皴擦晕染并用，有力地烘托出环境气氛，表现了云龙的精神气质。此画是南宋公认的画龙代表作，也是陈容传世作品中唯一一件真迹。

马

紫骝马①

卢照邻

骝马照金鞍②，转战入皋兰③。
塞门风稍急④，长城水正寒。
雪暗鸣珂重⑤，山长喷玉难⑥。
不辞横绝漠⑦，流血几时干。

【难点疏通】

①紫骝马：古代骏马名。 ②照：看。 ③皋兰：山名。在今甘肃省兰州市。 ④塞门：边关。风稍：风头。 ⑤雪暗：雪下得大而显得暗。鸣珂：珂为似玉的美石，用作马的装饰，行走时会发出悦耳的响声。 ⑥山长：山头。喷玉：指马喷出的白色气体。 ⑦横绝漠：驰骋于极远的沙漠地区。

【诗义解说】

在紫骝马身上看到了金色的马鞍，转移战斗进入了皋兰山。边地的狂风刮来十分急速，长城一带的河水正处在寒冷的时段。雪势很大马身上的饰物响声有些沉重，走在山头马匹出气已经很难。它不会推辞在广阔的沙漠上驰骋，不知道身上流出的血汗几时才能干。

清·艾启蒙《宝吉骝图》

艾启蒙（1708～1780），波希米亚（今属捷克）人，欧洲耶稣教传教士。乾隆十年来华，在宫廷供职。画面构图十分简单，画棕色骏马一匹。画中名为“宝吉骝”的这匹马，为土尔扈特郡王策伯克多尔济进献给乾隆皇帝的贡品。土尔扈特部是蒙古部族之一，明末时游牧至俄罗斯境内伏尔加河下游，备受欺凌，乾隆三十五年（1770），该部落在首领渥巴锡、策伯克多尔济率领下，跋涉万余里回归祖国，受到乾隆皇帝的嘉奖。

咏马

唐彦谦

紫云团影电飞瞳[1]，骏骨龙媒自不同[2]。
骑过玉楼金辔响[3]，一声嘶断落花风[4]。

【难点疏通】

①紫云：骏马奔跑腾起的烟尘如一片紫色的气体。团影：因马跑得快就像一团黑影。电飞瞳：如闪电一样在眼前飞过。瞳，瞳孔，这里代指眼睛。 ②骏骨：千里马的骨骼。战国时燕国谋士郭隗向燕昭王讲述古代有人用重金买死千里马骨一事，劝燕昭王用重金招揽人才。龙媒：古人称天马为龙之媒，意为天马到来，就会有龙出现。后以龙媒为骏马代称。 ③辔：驾驭牲口用的嚼子和缰绳。 ④嘶断：声音放到最大。落花风：像一阵风把花朵吹落。

【诗义解说】

飞奔的骏马腾起紫色烟雾如一团黑影闪电一样在眼前飞过，骏马的骨骼与龙的媒介其作用各有不同。骑着骏马走过玉楼旁边听到金色马鞭的响声，一声极力的嘶叫像一阵风将花儿吹落。

清·郎世宁《百骏图》

郎世宁画过很多马，此幅当推为马中精品。图中百马神态各异，或卧倒休息，或悠闲漫步，或两两相抱，或三五嬉戏，并且颜色各异，十分引人注目。画面上远山连绵，江河环绕，苍松古树点缀其间。人似乎听到了马的嘶鸣、足踏之声。此画注重明暗、解剖及透视的特色，造型逼真；布局上讲究前后呼应，构思精巧。

房兵曹胡马诗

杜甫

胡马大宛名①，锋棱瘦骨成②。
竹批双耳峻③，风入四蹄轻④。
所向无空阔⑤，真堪托死生。
骁腾有如此⑥，万里可横行。

【难点疏通】

①胡马：泛指产于塞北或西域的马。大宛：汉代西域国名，在今中亚细亚一带，以产良马著称。 ②锋棱：尖锐而有棱角。 ③竹批：像竹削一样。峻：尖锐。 ④“风入”句：形容马轻快如乘风。 ⑤无空阔：空阔如无物。 ⑥骁腾：壮健快捷。

【诗义解说】

胡地产的马名字叫大宛，体态瘦劲棱角分明。竹削一般的双耳尖锐耸立，奔跑起来四蹄轻快如一阵风。没有任何东西可以阻拦它，危险时刻这样的马真可以相托生命。它一行动起来就这样与众不同，千里万里可以任意横行。

南宋·龚开《骏骨图》

龚开（1222～？），字圣与，号翠岩，江苏淮阴人，生活于宋元之间，宋亡后不仕，以卖画为生。工诗善画，山水、人物都画得很好，尤其喜欢画墨鬼钟馗，离奇怪诞，别具一格。这幅图以线描为主要手段，描绘了一匹瘦马，肋骨和脊骨根根显露可数。它正伸颈低头，好像在马槽前的样子，造型生动准确。长长的飘动的鬃毛和尾毛显示了秋风萧瑟、十分寒冷的感觉，而马的眼睛却炯炯有神，表现出不屈的情态。

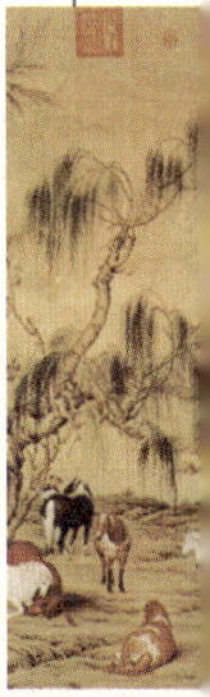

照夜白① 陆龟蒙

雪虬轻骏步如飞②，
一练腾光透月旗③。
应笑穆王抛万乘④，
踏风鞭露向瑶池⑤。

【难点疏通】

①照夜白：一种古代产于西域的名马，雪白而高大，是唐玄宗的爱骑。 ②雪虬：白色骏马。这里指照夜白。 ③一练：照夜白奔跑起来像一条白练。月旗：古代的一种旗帜，上绘月图，故名。 ④穆王：即周穆王，曾乘良马周游天下。据记载，周穆王为满足自己的爱好，要走遍天下，让天下所有地方都有他的车辙马迹。据说他曾北到流沙，西到昆仑，见到过西王母。万乘：指皇帝宝座。 ⑤瑶池：西王母居住的地方。

【诗义解说】

照夜白奔跑起来如飞过一道白光，光中露出绘有月图的旗帜。可笑的是周穆王为了游玩连皇位也抛弃不要，踏着狂风鞭打露水向瑶池奔去。

唐·韩干《照夜白》

韩干，陕西蓝田人，盛唐时期的画家，以画马闻名于世，也擅长肖像、人物、花竹等。图中骏马昂首嘶鸣，鬃尾飞扬，四蹄欲腾，而拴马的粗桩和紧绷的缰绳以浓墨画出，明暗相映，突显出桩的稳定，形成动静的强烈对比，呈现出一幕自由与禁锢的强烈对照。整幅图用笔简练，笔触细劲而极富弹性，稍事渲染，就把马的不驯及膘肥体壮表现出来。

马诗

李贺

此马非凡马，
房星本是星①。
向前敲瘦骨，
犹自带铜声。

【难点疏通】

①“房星”句：房星是二十八宿之一。古人认为，世界上的动植物各由日、月、星辰的精气贯注而生，而马则是房星之精。

【诗义解说】

这匹马不是一般普通的马，它就是房星的精灵。上前敲一敲它那瘦硬的骨骼，还会发出金属一样的声音。

北宋·佚名《百马图》（局部）

图上所画马共有九十五匹，牧马人四十一人，马的颜色各种各样，马的造型千姿百态：有的在奔跑，有的在沐浴，有的在打滚，有的在嬉闹。牧马人有的在骑马，有的在牵马，有的在铡草，有的在驯马，有趣的是还有人在河里捞鱼。图上还有河流山石点缀其间。全图画法精细，构图繁而不乱，人马穿插井井有条。

浴马

喻凫

解控复收鞭①，长津动细涟②。
空蹄沉绿玉③，阔臆没连钱④。
沫漩桥声下⑤，嘶盘柳影边⑥。
常闻禀龙性⑦，固与白波便⑧。

【难点疏通】

①控：拴马鞍的用具。 ②长津：长长的河流。细涟：细细的波纹。 ③空蹄：蹄在水中如悬在空中。绿玉：竹的别名。 ④臆：胸。连钱：马身上形似相连的铜钱的图案。 ⑤沫漩：泡沫打着漩涡。 ⑥盘：盘绕，盘旋。 ⑦禀：承受。龙性：古人认为马有龙的性质，所以称“龙马”。 ⑧便：适应，适宜。

【诗义解说】

解开了勒马的用具也收起了马鞭，长长河流上动荡起细细的波纹。沉在水中的马蹄像一段绿竹，河水淹没了马那宽阔的身形。泡沫在桥下打着漩涡，马的叫声在垂柳中穿行。常常听说马具有龙的本性，因此它对白色的波浪能够适应。

元·赵孟頫《浴马图》

赵孟頫（1254～1322），浙江湖州人，字子昂，号松雪道人。宋宗室，宋亡后待在家里。元世祖征入朝，授兵部郎中，官至翰林学士承旨，卒谥文敏。诗文清奇，书法擅篆、隶、行草，自成一家。山水、竹石、人物、鞍马、花鸟皆精。此图绘碧波清溪，岸边梧桐垂柳，几位马倌正在溪边给马洗刷沐浴：或牵马临溪，或冲浴马身，或坐岸边小憩；而马或在岸边，或在水中，或饮水吃草，或昂首长嘶，每匹都显得雄健而又驯良。用笔工细圆转，设色艳丽而沉厚。

八骏图①

罗隐

穆满当年物外程②，电腰风脚一何轻③。
如今纵有骅骝在④，不得长鞭不肯行。

【难点疏通】

①八骏：传为周穆王的八匹马，说法有二：一、以马的毛色命名：赤骥、盗骊、白义、逾轮、山子、渠黄、骅骝、绿耳（见《穆天子传》）。二、以速度命名：“王驭八龙之骏：一名绝地，足不践土；二名翻羽，行越飞禽；三名奔宵，夜行万里；四名超影，逐日而行；五名逾辉，毛色炳耀；六名超光，一形十影；七名腾雾，乘云而奔；八名扶翼，身有肉翅。”（见《拾遗记·周穆王》） ②穆满：即周穆王，周朝第五代王。 ③电腰风脚：指骏马的腰奔走时摆动如闪电，四蹄如御风。一何轻：多么轻松。 ④骅骝：周穆王的八骏马之一，后泛指良马。

【诗义解说】

周穆王当年乘着八骏马走到了尘世之外，骏马奔跑起来如闪电如乘风多么的轻松。如果他那匹良马今天还在，不用长长的鞭子催它也是不肯前行。

清·郎世宁《八骏图》

郎世宁（1688～1766），清代著名画家，意大利人。原名约瑟·迦斯底里阿纳，康熙五十四年（1715）来华，为清代内廷供奉画家。善写生，工画人物、禽兽、花鸟。图上绘有姿态各异的八匹骏马，有的两两相对在相互嬉戏，有的席地而卧，有的交颈站立，有的眠沙食草，神态不同，形象逼真。画面造型准确，用笔工细，极富立体感和质感。作者采用西方的焦点透视等手法，具有鲜明的西画风格，也有中国传统工笔画的神韵。

兔

御箭连中双兔　苏颋

宸游经上苑①，羽猎向闲田②。
狡兔初迷窟，纤骊讵著鞭③。
三驱仍百步④，一发遂双连。
影射含霜草，魂消向月弦⑤。
欢声动寒木，喜气满晴天。
那似陈王意⑥，空随乐府篇⑦。

【难点疏通】

①宸游：皇帝出游。上苑：皇家的园林。　②羽猎：帝王出猎，士卒负羽箭随行，故称羽猎。　③纤骊：古代骏马名。讵：岂。　④三驱：古代狩猎制度，在狩猎时，三面驱赶，让开一面，以示好生之德。　⑤向月弦：像圆月一样拉满的弓弦。　⑥陈王：指三国时著名诗人曹植。　⑦“空随”句：曹植乐府诗《泰山梁甫行》中有“柴门何萧条，狐兔翔我宇”句。

【诗义解说】

皇帝出游经过皇家的园林，带着士兵驰向着没有耕种的田间。狡猾的兔子找不到自己的窟穴，骏马哪里用得着加鞭催赶。三面围猎再前行百步，一箭射出竟有两只野兔中箭。看到兔子的影子奔向那带霜的野草，兔子就死在了满月的弓弦下面。欢呼之声震动了寒冷的树木，快乐的气氛充满了晴朗的蓝天。哪里比得上陈王曹植那样的意境，徒然地跟着他写那乐府诗篇。

宋·崔白《双喜图》

崔白，字子西，安徽凤阳人，善画花鸟，也工道释人物，尤长于写生。画面上秋风正疾，茅草、竹叶在风中抖动。右上侧有枯树一枝，枝干遒劲，树叶已落。一只山喜鹊停于树上展翅鸣叫，它身后不远处另一只喜鹊正凌空展翼。树下一只灰兔回首仰视，似被鸟声所惊。丰富而写实的用笔变化，将质感量感相当逼真地呈现出来，故有可触可摸的感觉。准确地捕捉了各个生物动态的一瞬，使画面充满了盎然生机。

咏死兔

苏頲

兔子死兰弹[1]，持来挂竹竿[2]。
试将明镜照，何异月中看[3]。

【难点疏通】

①兰弹（tán）：指动物死后尸体不僵硬。 ②持来：拿来。 ③“试将”二句：古代传说月中有玉兔。此两句是说，用镜子照这只死兔，就像看月中的玉兔。

【诗义解说】

一只刚死的兔子身体还没有僵硬，人们把它拿来挂在竹竿上。试用镜子照照这只已经死了的兔子，跟看月中的兔子没有什么两样。

辽·佚名《朱雀双兔图》

画面上几竿翠竹，竹上落着三只小鸟：一只静立枝头，一只正用嘴整理羽毛，一只则侧身俯视，神态各不相同。茂竹下长满了野草，两只兔子蹲伏在草地上：一只在啃食青草，一只正仰首张望，情态悠闲。构图左右均衡，富有装饰性。

城傍曲

王昌龄

秋风鸣桑条①，草白狐兔骄。
邯郸饮来酒未消，城北原平掣皂雕②。
射杀空营两腾虎③，回身却月佩弓弰④。

【难点疏通】

①秋风鸣：指秋风发出的呼啸声。 ②掣：射杀。皂雕：一种黑色的雕。 ③“射杀”句：《史记·李将军列传》：“广所居郡闻有虎，尝自射杀之。及居右北平射虎，虎腾伤广，广亦竟射杀之。”句用此典。空营，猎手们空营而出。 ④却月：半圆之月。弰：弓的末梢。

【诗义解说】

秋风在桑树之间吹拂，野草已经发白而狐狸野兔显得十分矫健强壮。刚从邯郸吃完饭出来酒劲还没有全消，就到了城北把黑雕击杀在平原上。人们空营而出射杀两只腾空而起的老虎，回身一看背着的弓箭就像半圆的月亮。

清·袁江《写意杂画册·白兔》

此画作者袁江，字文涛，今江苏扬州人。擅长山水、花鸟。此图上碧草茸茸，犹如细细的毛毯。玉兔一身洁白，红红的眼睛格外突出，正蹲坐在草地上仰首远眺。远山于雾中若隐若现。整幅画画面空远，又把焦点集中于近景。玉兔以渲染为主，又用细笔丝出茸毛。草则用细笔点画而出，兼工带写，细腻而不失苍劲。

狡兔行

苏拯

秋来无骨肥①，鹰犬遍原野。
草中三穴无处藏②，何况平田无穴者。

【难点疏通】

①无骨肥：指动物没有骨头的地方都长出了肥肉。 ②三穴：即成语“狡兔三窟”，也说“狡兔三穴”。意为有多处藏身之地，可以避免灾祸。

【诗义解说】

秋天来了野兔都长得肥肥壮壮，可现在雄鹰和猎狗也遍地都是。狡猾的兔子虽然在草丛里有三个巢穴都无法藏身，更何况在平整的田野上那些没有巢穴的动物。

清 · 冷枚《双兔图》

冷枚，山东胶州（今山东胶县）人，字吉臣，号金门画史。善画人物，尤精仕女。图的左侧巨石嶙峋，高大的梧桐遮蔽了上空。下有围栏，栏中有两只蹲卧的十分可爱的兔子，除耳梢鼻端以及眼睛为暗色外，其余的部分洁白无瑕。两只兔子互相注视，脉脉传情。周围还有白色野花点缀，极有立体感。

鹿

述园鹿

韦应物

野性本难畜①，玩习亦逾年②。
麑班始力直③，麚角已苍然④。
仰首嚼园柳，俯身饮清泉。
见人若闲暇⑤，蹶起忽低骞⑥。
兹兽有高貌，凡类宁比肩⑦。
不得游山泽，跼促诚可怜⑧。

【难点疏通】

①畜：饲养。 ②玩习：研究琢磨。逾年：超过一年。 ③麑（ní）：幼鹿。力直：能够站立起来。 ④麚（jiā）：雄鹿。苍然：苍老。 ⑤若：好像。 ⑥蹶（juě）：骡马鹿等动物用后腿向后踢叫尥蹶子。骞（jiǎn）：仰头。 ⑦宁：岂能。比肩：相提并论。 ⑧跼促：受到约束。

【诗义解说】

鹿的野性实在难以驯服，我对它的研究琢磨已经超过一年。一群幼鹿刚能站立起来，而雄鹿的角已开始显出苍老的样子。鹿们仰起头来嚼吃园中的柳树，俯下身子饮着清清的山泉。见到人来好像闲暇的样子，尥起蹶子忽高忽低一阵狂躁不安。这样的兽类有着高尚的容貌，普通的动物哪能与它相提并论。不能尽情地遨游山川大泽，被关在园子里实在可怜。

清·沈铨《受天百禄图》

沈铨，浙江德清人，擅画花鸟，色泽妍丽超绝。雍正年间东渡日本，授画三年，归国后，将所得金帛全部送给亲友。在小溪清泉边，一只梅花鹿站在山坡岸边，另一只卧在草地上，共同向一个方向看去，神情专注。鹿身毛茸细腻，神态活泼，栩栩如生。远山若隐若现，古柏苍苍，虬枝盘旋，青草、翠竹、灵芝高低有致，色彩艳而不俗。章法自然，毫无刻板之气。

山中玩白鹿

施肩吾

绕洞寻花日易销①，
人间无路得相招②。
呦呦白鹿毛如雪③，
踏我桃花过石桥。

【难点疏通】

①易销：容易过去。 ②人间：人聚集的地方。无路：没有途径。相招：指招引鹿。 ③呦呦（yōu）：鹿的叫声。

【诗义解说】

绕着山洞寻找野花一天很快就会过去，人多的地方没有办法把鹿招来。呦呦鸣叫的白鹿毛如雪一样，踏着满地桃花走过石桥。

清·华喦《骑鹿图》

华喦（1682～1756），福建上杭人，字秋岳，画人物、山水、花鸟草虫，都十分优秀，为扬州画派代表人物之一。诗亦古朴，兼工书法，时称三绝。画上一株古松，挺拔而苍劲；树下一老者骑在鹿上，边走边吹着一把洞箫，悠闲自在。而鹿则缓步而行，神态安详、驯顺。松树、老者、鹿三者构成一种长寿的意象。全图设色典雅，构图和谐，气氛宁静，是一幅难得的上乘画作。

盐池院观鹿[1] 贾岛

条峰五老势相连[2]，
此鹿来从若个边[3]。
别有野麋人不见[4]，
一生长饮白云泉[5]。

【难点疏通】

①盐池：在今山西运城境内。 ②条峰：即中条山，在今山西西南一带。五老：即五老山，在今山西芮城西。 ③若个：疑问代词，犹哪里。 ④麋：鹿的一种，俗称四不像。 ⑤白云泉：白云生处的山泉。指远离人烟的地方。

【诗义解说】

中条山五老山相互连接，这个鹿是从哪个山中来到眼前的？另有野鹿人们无法看见，因为它们一生都长饮高山巅上的清泉。

清·任薰《梅花鹿图》

任薰（1835～1893），清浙江萧山人，字阜长、舜琴，画家任熊之弟，工花鸟和翎毛。图上山石起伏不平，十分有力，一股溪泉奔腾汹涌，山石间绿草丰茂，视觉焦点集中在一只梅花鹿上。鹿站在石上，眼睛看着泉水，看来它是渴了，想要喝水。因与河水有一个高度，为了喝到水，它前腿直立，背部隆起，欲探下头饮水。图用密笔表示野草，浓淡不同的色调表示云烟。画面清新简洁，令人如临其境。

犬

逢雪宿芙蓉山主人①

刘长卿

日暮苍山远②，天寒白屋贫③。
柴门闻犬吠④，风雪夜归人。

【难点疏通】

①芙蓉山：在今江苏常熟境内。 ②苍山：青绿色的山岚。 ③白屋：贫民所居之屋。因用白茅草盖屋顶，故云。 ④柴门：用柴木做的门。言其简陋。

【诗义解说】

天黑了青绿色的山岚也显得远了，天气凉了贫民家的屋里也有些寒冷。柴门边听到了犬的叫声，知道在这风雪之夜有人回到家中。

南宋·佚名《鸡冠乳犬图》

画面上山石玲珑剔透，鸡冠花鲜红欲滴，几只蝴蝶舞姿翩翩，绿茸茸的草地上有三只可爱的小狗：有的睡觉，有的漫步，有的在观望，充满童趣。旁边的母犬悉心地守护着，一种深深的母爱被表现得淋漓尽致。技法严谨，用笔工细，设色明丽。

从猎　韩偓

猎犬谙斜路[1]，
宫嫔识认旗[2]。
马前双兔起，
宣尔羽林儿[3]。

【难点疏通】

①谙：熟悉。斜路：这里指错综复杂的道路。　②宫嫔：帝王的侍女。　③尔：你们。羽林儿：古代守卫皇宫的禁卫军。

【诗义解说】

猎犬熟悉错综复杂的道路，宫女们认识出猎时打着的旗帜。突然间马前奔起一对兔子，立即传唤羽林儿郎前去追击。

南宋·李迪《猎犬图》

李迪，生卒年不详，河阳（今河南孟县）人，宣和年间入画院，入南宋后为画院副使，历事孝、光、宁宗三朝。工画花鸟、竹石、走兽，擅长写生，也能画山水小景。此图绘一猎犬漫步前行，颈上的项圈表明这是一只随主人出行的猎犬。它脖颈前倾，鼻翼微耸，步态闲适，而双目则机警地搜巡，似在追踪猎物。画面暗示了在闲适的景象背后，激烈的追逐与搏斗随时可能发生。毛以细笔勾出，尽现茸茸质感，脚趾清晰可辨，造型逼真。画风工整细腻，不着一笔的背景和淡雅之极的设色突出了所描绘动物的动态与形象，使得画面具有和谐简括的自然美。

武陵桃源送人

包融

武陵川径入幽遐①，中有鸡犬秦人家②。
先时见者为谁耶③，源水今流桃复花。

【难点疏通】

①武陵：郡名，治所在今湖南省常德市。川径：水路。幽遐：幽暗深远。 ②鸡犬秦人家：陶渊明《桃花源记》云桃花源中“阡陌交通，鸡犬相闻”，那里的人“自云先世避秦时乱，率妻子邑人来此绝境，不复出焉”。 ③“先时”句：桃花源中人“见渔人，乃大惊，问所从来”。

【诗义解说】

沿着武陵的一条小溪进入幽暗深远的地方，那里鸡犬之声相闻并住着秦时的人家。当时桃花源人见渔人来惊问他是谁，从那里流出来的水上面仍然漂着桃花。

清·郎世宁《竹荫西猏(líng)图》

画面上画的是一条灰白相间的西洋猎犬站在草地上，地上杂草丛生，野花点点。左边两株翠竹上缠满藤条，藤条上还有一些瓜果下垂着，有的已经露出瓜瓤，显然已经成熟。此图以西洋画法为主，犬身上的光影采用的就是透视法，突出了立体感，惟妙惟肖。

猿

入黄溪闻猿[①] 柳宗元

溪路千里曲，哀猿何处鸣[②]。
孤臣泪已尽[③]，虚作断肠声[④]。

【难点疏通】

①黄溪：水名，在今湖南永州境内。 ②哀猿：因猿的叫声听上去有些悲伤，故云。 ③孤臣：孤立无援或不受重用的远臣。 ④断肠：据《世说新语》，晋朝将军桓温入蜀，行至三峡，军中有人捉到一只猿子，其母沿着岸边哀号，走有百多里，跳到船上，当即死去。人们剖开其腹，肠皆寸寸断。

【诗义解说】

溪边的小路弯弯曲曲千里长，不知发出哀鸣声的猿在哪里。一个不被重用的老臣泪已流尽，只能白白地发出断肠的声音。

北宋·佚名《枇杷猿戏图》

图上绘有一株硕大的枇杷树，上有一只黑猿在攀枝摇荡中回首张望，另一只黑猿则踞于粗大弯曲的树干上注视着那只攀援的黑猿，一上一下遥相呼应，一动一静相映成趣。两只黑猿画得颇为准确传神，作者善于捕捉并再现了这充满情趣的一幕。

二猿

李德裕

钓濑水涟漪①，富春山合沓②。
松上夜猿鸣，谷中清响合。
冲网忽见羁③，故山从此辞。
无由碧潭饮④，争接绿萝枝。

【难点疏通】

①钓濑：汉代严子陵隐居的地方。濑，从石上流过的水。涟漪：水面波纹。 ②富春山：在浙江省桐庐县城以西约15公里的富春江北岸。相传这里是东汉高士严子陵隐居垂钓的地方，故又称严陵山。合沓：重叠，攒聚。 ③羁：拘系。 ④无由：没有门径，没有办法。

【诗义解说】

严子陵垂钓的地方水波涟涟，富春山重重叠叠连绵不断。夜晚松树上的猿猴在不停地鸣叫，山谷里清亮的声音传得很远。不小心撞进罗网里被人捉住，从此告别了原来住过的家园。没有办法到碧绿的潭中去饮水，只好争相在绿萝枝上辗转。

南宋·佚名《猿猴摘果图》

此画描绘深秋季节三只猿猴攀援于树枝上嬉戏摘果的情景。其中两猿正品果嬉戏，另一猿右臂抓树，左臂摘取红果，形象生动可爱。猿猴和景物都集中在画的右半边，为典型的南宋画构图方式。猿猴神情毕肖，尤其是茸毛的绘制极为细致严谨。树叶用勾勒填色法，色彩并未完全填满，显得自然随意。黑白色对比使画面更具动感，红色的小果在整幅画面中十分醒目。图中坡石用小斧劈皴，枝叶用双钩填色，笔法精工巧丽。

闻猿

李绅

见说三声巴峡深，
此时行者尽沾襟①。
端州江口连云处②，
始信哀猿伤客心。

【难点疏通】

①“见说”二句：郦道元《水经注·江水》引渔歌：“巴东三峡巫峡长，猿鸣三声泪沾裳。”作者化用此句。见说，听说。三声，多声。古代的“三”多为虚指。 ②端州：即今广东肇庆，作者因事被贬官于此。

【诗义解说】

听说在深深的巴东三峡能听到猿猴的声声鸣叫，这时行走在路上的人都会泪水沾湿衣襟。在端州江口与云朵相连的地方，才开始相信猿的叫声真真令客居在外的人伤心。

元·颜辉《猿图》

颜辉，浙江江山人，擅画道释人物，也善画猿。画法以粗笔居多，笔墨豪放。此图画岩石上老树垂枝，双猿伸臂倒挂枝间游戏，面部眼睛口鼻等部位，用细笔勾描，周身不作轮廓勾染，全以淡墨涂擦而成，形象真实生动。岩石用淡墨若隐若现，树叶用浓淡不同的墨色画正反面。画法工整，多方硬之笔，风格独特。

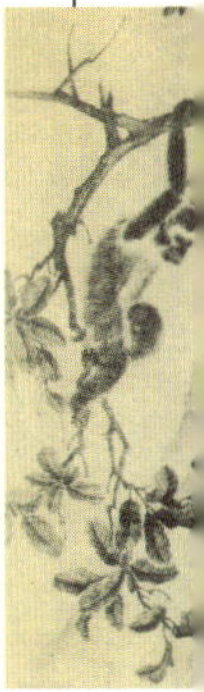

猿

杜牧

月白烟青水暗流①，
孤猿衔恨叫中秋②。
三声欲断疑肠断③，
饶是少年今白头④。

【难点疏通】

①烟青：烟雾泛着青色。水暗流：水在暗暗地流。 ②衔恨：怀着怨恨。叫中秋：在中秋时鸣叫。 ③“三声”句：见李绅《闻猿》注①。 ④饶是：任凭，尽管。

【诗义解说】

月光皎洁烟雾泛青河水在暗暗地流，一只孤猿怀着怨恨在中秋夜叫个不停。叫了三声似要停止鸣叫我怀疑它肠子已断，即便是少年听到这样的叫声也会白发横生。

明·朱瞻基《双猿图》

朱瞻基（1398～1435），生于北平，洪熙元年（1426）六月即皇位，是为明宣宗。在位期间，吏称其职，政得其平，纲纪修明，仓廪充羡，百姓乐业。由于受到良好的文化教育和武备训练，能文能武，多才多艺，诗文和绘画都很有文采。图上绘有一条小河，从二石间流过。一猿坐在石上，怀里抱着一只幼猿，给人一种浓浓的母爱。另一只猿攀援于树上，一只手伸出，似在跟坐在石上的猿猴打招呼。坐猿显然听到了树猿的招呼，头正转过去。而幼猿则伸出手臂，与树猿相呼应。画中芦苇、细草、小竹参差点缀，弥补了坡石平滑的不足。

放猿　王仁裕

放尔丁宁复故林①，旧来行处好追寻②。
月明巫峡堪怜静③，路隔巴山莫厌深④。
栖宿免劳青嶂梦⑤，跻攀应惬白云心⑥。
三秋果熟松梢健⑦，任抱高枝彻晓吟。

【难点疏通】

①尔：你，指猿。丁宁：通“叮咛”。故林：原来居住过的山林。　②旧来：原来。行处：行走的地方。　③巫峡：长江三峡之一。　④巴山：泛指重庆东部一带的山脉。莫厌：不要讨厌。　⑤免劳：免去劳作。青嶂：如屏障的青山。　⑥跻攀：攀援登高。惬：感到满意。　⑦三秋：指秋季。七月称孟秋，八月称仲秋，九月称季秋，合称三秋。

【诗义解说】

放你走的时候仔细叮咛回到你原来居住过的山林，原来生活过的地方寻找起来十分方便。皓月当空巫峡显得格外宁静，道路被巴山隔断不要嫌山林太远。栖宿时免去了再做回归青山的美梦，登高攀援可感到在白云深处心情是多么畅欢。秋天到了野果都已成熟。松树长得健壮，任凭你抱着高枝整夜的叫声绵绵。

清·任预《画猴图轴》

任预（1853～1901），一名豫，字立凡，浙江萧山人。擅画山水、人物、花鸟，无所不精。图上山石一角从侧面伸出，石上一株苍老的桃树向前伸出，树上成熟的桃子鲜嫩可爱。石上一只猴子两眼紧盯着桃子，跃跃欲试，虽然够不着，但它并不想放弃。山下一只猴子，正抱着一只大桃子，转身想跑，脸上现出得意之色。两只猿猴形神毕肖，生动活泼，可爱至极。

牛

将牛何处去

元结

将牛何处去①，耕彼故城东②。
相伴有田父③，相欢惟牧童。

【难点疏通】

①将牛：牵牛。 ②故城：旧城。 ③田父：老农。

【诗义解说】

牵着黄牛要到哪里去，去耕种的那片土地在旧城东。与老牛相伴的只有上了年纪的老农，能给老牛带来欢乐的还有放牧的儿童。

唐·韩滉《五牛图》

韩滉（723～787），字太冲，长安（今陕西西安）人，工书画，擅长田园风光，尤以画牛著称。此图描绘了各自独立、颜色不同的五头牛，或缓步而行，或低头吃草，或踌躇而鸣，或深情回顾，或翘首远望，从不同的角度表现了牛的生活形态和习性，造型生动，形貌真切。其中一牛完全画成正面，视角独特，更显示出作者高超的造型能力。作品以简洁的线条勾勒出牛的骨骼转折，筋肉缠裹，笔法老练流畅，线条富有力度和精确的艺术表现力，通过对眼神的着力刻画，将牛既温顺又倔强的性格表现得极为传神。

杜秀才画立走水牛歌

顾况

昆仑儿[①]，骑白象，时时锁著师子项[②]。
奚奴跨马不搭鞍[③]，立走水牛惊汉官[④]。
江村小儿好夸骋[⑤]，脚踏牛头上牛领。
浅草平田擦过时[⑥]，大虫著钝几落井[⑦]。
杜生知我恋沧洲[⑧]，画作一障张床头[⑨]。
八十老婆拍手笑，妒他织女嫁牵牛。

【难点疏通】

①昆仑儿：西域商人的奴仆。②师子：狮子。项：脖子。③奚奴：奴仆。④立走水牛：站在水牛身上奔跑。汉官：汉人的官吏。⑤夸骋：夸耀，炫耀。⑥擦（cā）：磨擦。⑦著钝：遭受折磨。钝，折磨，折腾。这应是画上的场面。⑧沧洲：靠水的地方。古代常用来指隐士的居处。⑨一障：一幅。

【诗义解说】

昆仑儿骑着一头白象，经常用绳索锁着狮子的脖颈。奴仆骑在马上不用搭马鞍，站在水牛身上奔跑让汉官十分吃惊。江边村里的小孩喜欢炫耀，脚踩着牛的脖子上到头顶。从浅浅的草地平整的田野奔跑而过，大些的虫子受到搅扰差点儿掉到井中。杜生知道我恋着山林隐居，特地为我画了一幅画挂在我的屋中。八十岁的老太婆拍着手笑，嫉妒织女嫁给了牵牛心有不平。

南宋·佚名《牧牛图》

画绘枯树两株，一株半露，别一株由左下向上斜向取势，老干虬枝，盘根错节，疏密有致。一头水牛缓缓走来，情态恬淡悠闲。一顽皮的牧童趴在牛头上，两手把着牛角。造型准确，生动有神，构思新奇，具有浓郁的乡村生活气息。

官牛——讽执政也

白居易

官牛官牛驾官车，浐水岸边般载沙[1]。
一石沙，几斤重，朝载暮载将何用。
载向五门官道西[2]，绿槐阴下铺沙堤。
昨来新拜右丞相，恐怕泥涂污马蹄。
右丞相[3]，马蹄蹋[4]沙虽净洁，牛领牵车欲流血。
右丞相，但能济人治国调阴阳[5]，官牛领穿亦无妨。

【难点疏通】

①浐水：源出陕西，流经蓝田县西南，到长安县西北合灞水入渭水。般：通“搬”。载沙：唐朝规定，凡有人当上宰相，京兆府就派人拉沙子铺路，从宰相的私宅一直铺到城东街，叫沙堤。此诗说的就是这件事。 ②五门：唐太极宫南面有五门：承天门、长乐门、广运门、永春门和永安门。宰相到宫里办事要经过这些地方。 ③右丞相：唐开元元年曾把尚书省的长官左、右仆射改为左、右丞相，后又恢复原名。到白居易时已无这种官名，这里泛指宰相。 ④蹋：通“踏”。 ⑤调阴阳：古代认为，宰相的职务在于治国安民，即调和天时气候，凡遇天时不正常时，如闹水灾等，都认为是宰相失职。

【诗义解说】

官牛啊官牛驾着官车，到浐水岸边去搬运河沙。一石的沙子，有几斤重，早晨运晚上运是要作什么用？都拉向了五门的官道西面，在浓绿的槐树阴下铺垫沙堤。昨天新任命一位右丞相，怕的是道路上有泥污了马蹄。右丞相，他的马蹄踏在沙上虽然干净，可牛的脖子由于拉车都快流出了血。右丞相，只要能对老百姓有帮助治好国家使阴阳和顺，即便是牛脖子磨穿也没什么关系。

唐·戴嵩《斗牛图》

戴嵩，生卒年不详，曾拜韩滉为师，以画水牛见长。此图绘的是两牛相斗的场面，风趣新颖。一牛前逃，好像力怯，另一牛穷追不舍，低头用牛角猛抵前牛的后腿。双牛用水墨绘出，以浓墨绘蹄、角，点眼目、棕毛，传神生动地绘出斗牛的肌肉张力、逃者喘息逃避的憨态、击者蛮不可挡的气势。牛之野性和凶顽，尽显笔端，可见画家对生活的观察细致入微。作品不拘常规，生趣盎然，不愧为传世画牛佳作。

放牛

陆龟蒙

江草秋穷似秋半[1]，十角吴牛放江岸[2]。
邻肩抵尾乍依隈[3]，横去斜奔忽分散。
荒陂断堑无端入[4]，背上时时孤鸟立。
日暮相将带雨归[5]，田家烟火微茫湿[6]。

【难点疏通】

①秋穷：秋尽。 ②十角：十头。牛一头称一角。吴牛：产于长江下游的一种水牛。 ③邻肩抵尾：肩挨着肩，尾挨着尾。乍：刚刚。 ④荒陂：荒凉的山坡。断堑：悬崖峭壁。无端：无心，无意。 ⑤相将：相偕，相共。 ⑥微茫：隐约模糊。

【诗义解说】

秋天将尽江边的秋草还像秋半那样绿，十头水牛被放牧在江岸。肩挨着肩尾靠着尾刚刚到一起，忽然间横着奔斜着跑很快分散。无意间走入了荒凉的山坡与断壁悬崖处，背上还经常有小鸟站在上面。天黑了它们相互依伴着带着雨水归来，农家的烟火朦朦胧胧也显得有些湿润之感。

南宋·佚名《秋溪牧牛图》

此图描绘牧童骑牛牧归的情景。日落西山，天色渐晚，一牧童身背斗笠，骑着水牛，渡过小溪，即将来到岸边。后边一牛犊隔溪嘶鸣，欲渡未渡。小溪的右岸有四棵高大的柳树，苍老的枝干和露出疤结的树根被画得清清楚楚，但细嫩的枝条却十分茂盛，透着勃勃生机。全图笔法精细，形象生动，具有浓郁的生活气息。

咏卧牛

李家明

曾遭宁戚鞭敲角[①]，又被田单火燎身[②]。
闲向斜阳嚼枯草，近来问喘为无人[③]。

【难点疏通】

①宁戚：春秋时卫国人。家贫无资，赶车经商到齐国，宿于城门外，等齐桓公外出迎客，他击牛角而歌。桓公感到奇怪，与之相见。宁戚向他阐述治理天下的道理，桓公大悦，任为大夫。 ②田单：战国时齐国人。燕国大将乐毅伐齐，尽得齐城。田单用火牛攻燕军，燕军大败。因功封安平君。 ③问喘：西汉宰相丙吉外出，遇到群斗，死伤的人横陈路上，丙吉经过却不闻不问。后遇到有人追赶牛，牛气喘急。丙吉停下车子，让随员过去问：“追牛走了几里？”有人不解，打架事不管却问牛。丙吉说：“老百姓争斗，这是长安令管的事。正当春天还不应当很热，怕牛行走不远，却因暑热而喘息，这说明气候不合节令，担心将会伤害全国百姓。”人们才知丙吉管大事不管小事。

【诗义解说】

曾经遭到宁戚用鞭子敲击牛角，又曾被田单用火烧着身体。闲来无事面对着斜阳嚼着枯草，最近以来没有人问牛是不是因暑热而喘着粗气。

南宋·李迪《风雨归牧图》

溪岸左上是土丘坡脚，长满乱草与矮树丛。矮树枝叶、芦苇、水草向右倾斜，形象地点出大风是从左边吹来。而溪岸右下是两株向左上斜长的柳树，正与从左向右猛刮的狂风形成对峙。牧童身披蓑衣，正急匆匆地顶风驱牛归去。前边牧童扶住斗笠，夹紧牛鞭，弯腰伏向牛背，催牛疾奔；而胯下水牛却回过头去，似呼唤后面水牛跟上。后面牧童却因斗笠被一阵狂风吹落，转身向后趴在迅跑着的牛背上，欲下不能，欲罢不甘，正犹豫地盯住斗笠。这一静一动、一向前伏一向后趴的体势形成强烈的对比。

鼠

归来

杜甫

客里有所过①，归来知路难。
开门野鼠走，散帙壁鱼干②。
洗杓开新酝③，低头拭小盘。
凭谁给曲蘖④，细酌老江干⑤。

【难点疏通】

①有所过：此诗作于客居成都时。这期间曾去过梓州和阆州。 ②散帙：打开书本。壁鱼：生在衣服和书籍里的蠹虫。 ③酝：酿酒。 ④曲蘖：酿酒的曲。 ⑤江干：江边。

【诗义解说】

作客在他乡最近又去了一些地方，回来之后才知道路途的艰难。推开家门野鼠慌忙逃跑，翻开书籍里面的壁鱼已经枯干。洗一洗勺子打开刚酿的酒，低下头去擦拭着小盘。靠谁送给咱一些酒曲酿酒，细细斟酌宁肯老死在江边。

明·朱瞻基《瓜鼠图》

此册页绘小鼠踞石上，回首仰望苦瓜，瓜藤攀援竹上，草从石缝长出。小鼠茸毛用干笔涂擦，富有质感；顾盼之情，亦很生动。瓜叶、草丛用水墨写意法画出，藤枝挥洒如草书。石的勾勒、点皴、笔墨，有较多文人画意趣。画中用笔工整细致，有毫微毕现之感。

官仓鼠

曹邺

官仓老鼠大如斗[1]，
见人开仓亦不走。
健儿无粮百姓饥[2]，
谁遣朝朝入君口[3]。

【难点疏通】

①官仓：官府里的仓库。斗：古代的一种量器。 ②健儿：唐代士兵的一种。他们长期驻守边境，政府给以种种优待。 ③遣：使，让。朝朝：天天。君：指鼠。

【诗义解说】

官府的仓库里老鼠像斗那么大，见到人打开仓门它也不肯逃走。守边的士兵没有粮食老百姓都在挨饿，是谁天天把粮食送进你那贪婪的口中。

明 · 朱瞻基《鼠图》

图上左侧山石悬空而出，山石下碧波粼粼，岸边有桩，桩上拴有一条铁链。河边有一颗从树上落下的荔枝，荔枝上有只老鼠正在啃吃，咬下的荔枝皮散落在地。老鼠表情贪婪专注，大快朵颐。全图构图简单，刻画细腻、逼真。

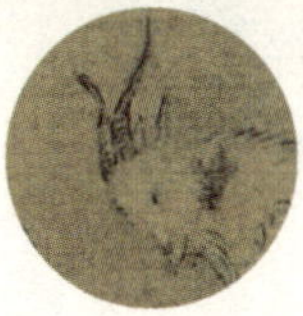

羊

少年行四首之一

令狐楚

少小边州惯放狂①，骣骑蕃马射黄羊②。
如今年老无筋力，犹倚营门数雁行③。

【难点疏通】

①边州：边境地区的州县。 ②骣（chǎn）骑：骑马不加鞍辔。蕃：通“番”，泛指域外或外族。 ③营门：军营之门。

【诗义解说】

从小生长在边地过惯了狂放的生活，骑着没有鞍辔的番马追射黄羊。到了今天年纪已大没有了筋力，仍然倚在军营门口数着飞过的雁行。

元·赵孟頫《二羊图》

图中绘一羊低头吃草，一羊昂首瞻望，周围不着背景。右面的山羊张口睁目，尾巴上翘，身子向右而头部朝左，背部线条自然弯曲，羊毛轻软直长，描绘工细。左面的绵羊昂首而立，身躯朝左，头向右侧望着山羊，目光慈祥。二羊对比鲜明，让人一目了然。全图纯用水墨画出，却显色彩斑斓之状，构图空疏，颇有韵致。

题王明府郊亭 欧阳詹

日日郊亭启竹扉①，
论桑劝穑是常机②。
山城要得牛羊下③，
方与农人分背归④。

【难点疏通】

①日日：每天。启：打开。竹扉：竹制的门。 ②穑：谷类植物的穗。这里泛指庄稼。常机：经常的重要性工作。机，事物的关键。 ③要得：等待。下：归来。 ④分背归：往两个方向走。

【诗义解说】

每天都要到郊外的亭子前打开竹制的大门，谈论植桑劝农收割是经常性的事情。在山城等到牛羊都已回来，这才与农人分手走回自家柴门。

南宋·陈居中《四羊图》

陈居中，生卒年不详，南宋宁宗嘉泰年间（1201～1204）画院待诏。主攻人物和马。此图画四只山羊在枯树下打斗观望的不同姿态，逗人喜爱。画中用笔简练质朴，用色柔中有对比。空阔的天空，墨色厚重的坡地，很好地衬托了画面的主体。图中景物错落有致，画面富于变化。

并州路[①]

李宣远

秋日并州路，黄榆落故关[②]。
孤城吹角罢[③]，数骑射雕还。
帐幕遥临水，牛羊自下山。
征人正垂泪[④]，烽火起云间[⑤]。

【难点疏通】

①并州：今山西太原。 ②故关：过去的关隘。 ③角：古乐器名。西北游牧民族，鸣角以示早晚。军中多用作军号。 ④征人：出征戍边的人。 ⑤烽火：古时边防报警的烟火。云间：高远的地方。

【诗义解说】

正值秋季行走在并州路上，黄榆的树叶纷纷落在旧时的边关。孤零零的城池角声已经停止，几个骑马的军士射完大雕正往回转。遥远的帐幕临水而建，牛和羊们自己正缓缓地走下高山。出征的人正垂下思乡的泪水，战争的烽火又升起在高高的云间。

南宋·佚名《牧羊图》

画面上斜坡山脚，两位牧羊人驱赶着羊群由平冈曲径而来。左右是巨大的山石，右面大石上老树新枝纵横交错。老树粗干屈曲干枯，旁侧又生出新枝，绿叶茂盛。树上栖有数只禽鸟，平添了些许生机。羊群是全图的主体，构图富有变化，毛色黑白相间。牧羊人前呼后赶，细致生动。

田家

欧阳衮

黯黯日将夕[1]，牛羊村外来。
岩阿青气发[2]，篱落杏花开。
草木应初感，鸧鹒亦已催[3]。
晚间春作好，行乐不须猜。

【难点疏通】

①黯黯：天气昏暗。 ②岩阿：山的弯曲处。 ③鸧鹒：即黄鹂鸟。

【诗义解说】

天气昏暗眼看就到了晚上，牛和羊都从村外归来。山弯处散发着缕缕青色的气体，篱笆边杏花正在盛开。草木应该能够感受到春天的气息，黄鹂也已经在催促着人们进行耕田。晚间从事春季耕作也很好，即时行乐不用互相疑猜。

清·郎世宁《松树羚羊图》

图中巨大的松树冲天而起，树干苍劲，松叶青翠，气势不凡。松下一石傲然挺立，平坡杂草簇簇，生气盎然。一羚羊悠闲地在草地上踱步，长角弯曲，顶部如针，身材秀美，正在举目远望。此图用西方油画的写实手法与国画的工笔相结合，景物栩栩如生。

小游仙诗

曹唐

共爱初平住九霞①，
焚香不出闭金华②。
白羊成队难收拾③，
吃尽溪头巨胜花④。

【难点疏通】

①初平：即黄初平，浙江丹溪人。十五岁时放羊，遇一道士，带他到金华石室中修道四十多年，修炼成仙，号赤松子。九霞：九天的云霞，借指天庭或仙境。 ②金华：今属浙江省。黄初平在此一石室中修仙得道。 ③“白羊”句：初平十五岁时上山放羊不归，其兄上山寻找，见面后问羊在哪里，初平指着一群白石头说：“就在这里。”对其叱之，石头竟变成羊，有好几万头。 ④巨胜：黑胡麻的别称。黑胡麻，一年生草本，高达一米左右，种子可榨油，亦可入药。

【诗义解说】

人们都喜爱黄初平居住在仙境，在金华的岩洞里焚香闭门修炼。白羊成群已经无法管理，把溪边的巨胜花都已吃完。

南宋·佚名《叱石成羊图》

图上所绘就是黄初平的故事。土坡上一长者袖手而立，倾听席地而坐的童子捧卷读书，身后四只山羊在安闲地吃着草。左侧山石嶙峋，苍松红枫掩映，白云涌起，山泉奔流，水波粼粼。画面虽小，但景物布置得丰富多彩。山石用小斧劈皴，云水、苍松精勾细染，人物衣纹细劲流畅，童子认真朗读的样子，长者凝神聆听的神情，羊群悠闲的形态都刻画得入木三分。

猫

诗三百三首之一　寒山

昔时可可贫①，今朝最贫冻。
作事不谐和，触途成倥偬②。
行泥屡脚屈③，坐社频腹痛④。
失却斑猫儿，老鼠围饭瓮。

【难点疏通】

①可可：稍微。　②触途：在路上碰到。倥偬：困苦窘迫。　③行泥：走在泥泞的路上。屡脚屈：脚不停地拐来拐去。　④社：古代把土地庙叫社。

【诗义解说】

从前我只是稍微有些贫穷，可现在到了最贫困常常挨冻的程度。由于做什么事情都不顺利，到处碰壁弄得困苦窘促。走在泥泞的路上脚总在不停地扭曲，坐在土地庙里肚子一遍又一遍地疼十分痛苦。由于丢失了我的那只花猫，成群的老鼠围绕着饭盆转来转去。

清·程璋《双猫游鱼图》

程璋（1869～1938），字瑶笙，安徽休宁人。各种绘画风格均擅长，受西洋透视法影响，颇有立体感。你看图上那两只猫的眼睛，正紧紧地盯着水里的游鱼，想要得到，可又没有办法。岸石玲珑，野草渐枯，上有一枯枝伸出，使猫在枝后若隐若现，画出了秋天萧条的景象。占据大半画面的枯枝，已有些泛黄的野草，加上清流中游动的群鱼，烘托出了浓浓的秋意。

又判争猫儿状

裴谞

猫儿不识主[①]，傍家搦老鼠[②]。
两家不须争，将来与裴谞[③]。

【难点疏通】

①不识主：不认识自己的主人。 ②傍家：待在一人家房前。搦（nuò）：捉。 ③将来：拿来。

【诗义解说】

猫儿不认识自己的主人，待在别人家的房前捉老鼠。两家不要你争我夺，把猫拿来由我做主。

明 · 王中立《双猫菊石图》

王中立，字子和，明万历、天启年间画家，以画花鸟见长。图中湖石玲珑剔透，菊花正在盛开，石旁有两只可爱的猫栖息在草地上，大猫横卧，小猫趴在大猫的身上，俨然一个顽皮的孩子。更妙的是，菊花好像在石后窥视它们。湖石以枯笔勾勒，水墨晕染；菊花以勾花点叶法写出。双猫用笔独特，以细笔写出轮廓、毛爪、脸目，用干笔略加敷彩，粗疏雅拙，却有妙趣横生之感，与背景对照鲜明。

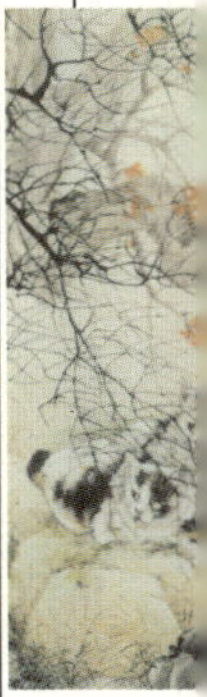

象

蛮家

项斯

领得卖珠钱①，还归铜柱边②。
看儿调小象③，打鼓试新船。
醉后眠神树④，耕时语瘴烟⑤。
不逢寒便老⑥，相问莫知年⑦。

【难点疏通】

①卖珠钱：卖珍珠得来的钱。 ②铜柱：汉朝马援南征交趾，立铜柱，为汉朝最南的边界。这里泛指边界。 ③调：训。 ④神树：传说具有神奇作用的树。 ⑤瘴烟：即瘴气。南方森林中产生的一种能致病的恶气。 ⑥“不逢”句：言南方人寿命短，不到晚年就老了。寒，这里指晚年。 ⑦莫知年：那里民风纯朴，只知日出而作，日入而息，不知道这一年该是哪一年。

【诗义解说】

领回来卖珍珠得到的钱，回到边界上居住的地点。看着小孩训练着小象，打起鼓来试着新做成的船。喝醉后就睡在神树下面，人们在充满瘴气的环境中说话耕田。不到晚年就变得很是苍老，若问他们今年是哪一年没人去管。

清·冷枚《白象人物图》

一株苍老的梅树下站着一头大象，树上梅花正开，一域外人站在大象身上，从梅树上折下一枝梅花插在花瓶里。大象下面还有两个手持兵器的域外人，正在跟大象身上那个人说话，好像让他再折一枝。笔法细腻，大象身上的纹理，人物表情，梅树的苍劲，地面上的花草，无不形象生动。

蝙蝠

洞中蝙蝠①

白居易

千年鼠化白蝙蝠②，黑洞深藏避网罗。
远害全身诚得计③，一生幽暗又如何。

【难点疏通】

①蝙蝠：属翼手目蝙蝠科，除南北极外，世界各地都有分布，大多生活在热带地区，种类繁多，全世界共有八百种，是唯一具有飞翼的哺乳动物。白天大多用后肢倒挂在树上或洞穴石壁上睡觉，到晚上才出来活动四处觅食。飞行靠超声波定位。 ②“千年”句：古人误认为蝙蝠是老鼠变化而成。 ③全身：使身体得以保全。诚：就算是。得计：设计得当。

【诗义解说】

千年的老鼠变成了白蝙蝠，藏在深深的洞里为的是避开网罗。远离危害保全自身就算是算计得当，可是一生都在黑暗中生活那又怎么说。

清·居巢《五福图》

居巢（？～1899），番禺（今广州市）人，擅作山水、花鸟，尤精草虫，与其弟居廉的绘画开岭南画派。“蝠”与“福”谐音，故古代文献中，常以蝠代福。人们经常说的“五福（蝠）临门”，就由五只蝙蝠组成，代表五个吉祥的祝福：寿比南山、恭喜发财、健康安宁、品德高尚、善始善终。此幅图就含有这样的寓意。小竹笼里扣着五只形态各异的小蝙蝠，活蹦乱跳，十分可爱。为不使画面单调，作者还在竹笼旁绘有一块玲珑剔透的太湖石，竹叶上还有一只跃跃欲试的螳螂，充满了生活气息。

熊

天长地久词

卢纶

辞辇复当熊①，倾心奉上宫②。
君王若看貌，甘在众妃中③。

【难点疏通】

①辞辇：汉成帝游后花园，让班婕妤与自己同车，班婕妤以名分问题不肯同车。后以“辞辇”一词，称颂后妃之德。复：又。当熊：汉元帝到虎圈看斗兽，熊从栏中攀出，左右人皆跑，只有冯婕妤挺身而出，面对着熊站着，这时人们才上来把熊杀死。 ②上宫：本指天子的祖庙。这里指代皇上。 ③甘：甘心，甘愿。

【诗义解说】

辞辇的故事和挡熊的故事，说的都是倾心伺候皇上的事情。君王若是以貌取人，像这样有德有才的人就甘心在普通妃子之中。

晋·顾恺之《女史箴图》

顾恺之（约345～406），东晋晋陵无锡人，字长康，小字虎头，世称有三绝：才绝、画绝、痴绝。这里选的是《女史箴图》中的第一段“玄熊攀槛，冯媛趋进”，描写的就是元帝的婕妤（帝王妃子）冯媛在元帝游园时，一只大熊突然从围栏里跑出来，情急之下，她不顾个人安危冲到大熊跟前护住元帝的故事。人物用游丝描，细劲流畅，不但造形准确，神情也描绘得十分生动，把冯媛在众人慌乱避走之时傲然不惧的神态，刻画得入木三分。

虎

猛虎行

张籍

南山北山树冥冥[1]，猛虎白日绕林行。
向晚一身当道食[2]，山中麋鹿尽无声。
年年养子在空谷，雌雄上山不相逐。
谷中近窟有山村，长向村家取黄犊。
五陵年少不敢射[3]，空来林下看行迹。

【难点疏通】

①树冥冥：因树木茂盛而显得有些黑暗。 ②向晚：到了晚上。当道食：挡在道上取得食物。 ③五陵年少：五陵是指西汉高祖、惠帝、景帝、武帝、昭帝五个皇帝的陵园，均在今陕西咸阳附近。当时每建一陵墓，就迁四方富豪和贵戚于此居住，五陵子即指富家子弟。

【诗义解说】

南山北山因树木长得茂盛而有些幽暗，猛虎在大天白日绕着树林巡行。到了晚上一只老虎挡在道上获取食物，山中的麋鹿全都不敢吱声。年年养子在空旷的山谷，雌虎和雄虎上山的时候互不相跟。山谷靠近虎洞的地方有个小山村，老虎专以攫取村里人家的黄牛崽为生。五陵少年见到老虎也不敢射箭，白白地来到树林下面看老虎走过的脚印。

南宋·佚名《伏虎罗汉图》

小溪边一罗汉坐在平整的大石上，头上有一圈光环，身着袈裟，袒露右肩，须发皆白，双眉蹙起，目光深邃，不怒而威。背后侍立着小和尚和童子。背景是一棵苍劲的古松，一只老虎安详地卧在罗汉的脚下，任其在它的头上抚摸。人物神态描绘细腻，衣纹劲健有力，石用斧劈皴出，布局合理。

猛虎行

齐己

磨尔牙，错尔爪①。
狐莫威，兔莫狡，饥来吞噬取肠饱②。
横行不怕日月明③，皇天产尔为生狞④。
前村半夜闻吼声，何人按剑灯荧荧⑤。

【难点疏通】

①错：打磨。 ②吞噬：吞吃，吞咽。 ③不怕日月明：不管白天和黑夜。 ④皇天：上天，上帝。产尔：生下你。狞：凶恶。 ⑤荧荧：闪光的样子。

【诗义解说】

磨一磨你的牙，再磨磨你的爪。狐狸不要发威，兔子不要狡猾，老虎一饿就会把你们取来吃个饱。到处横行莫管白天与黑夜，上帝产下老虎给世间带来凶恶很是糟糕。前边村子半夜里听到了吼声，是谁手按宝剑屋内灯光荧荧杀气难消。

明·朱端《猛虎渡河图》

朱端，浙江海盐人，字克正，号一樵。善画山石花鸟人物墨竹，亦工书法。东汉光武帝时，授刘昆为弘农太守。此地多虎灾，行旅不通，他上任三年，推行仁政，虎都背着幼崽渡河离去，此图所绘就是这个故事。远处河面，一虎正驮幼仔过河，近岸太守刘昆骑马观望，侍从正跪地禀告。画面洗练而典雅，图上荒滩悬崖、老树枯枝所展现的正是老虎出没的环境。

豹

雨中赠仙人山贾山人

柳宗元

寒江夜雨声潺潺①，晓云遮尽仙人山②。
遥知玄豹在深处③，下笑羁绊泥涂间④。

【难点疏通】

①潺潺：水流动的声音。 ②晓云：清晨的云雾。 ③玄豹：黑豹。它的皮毛十分贵重，胎也是美味。 ④羁绊：指捉豹用的绳索。泥涂：山下。

【诗义解说】

夜晚寒冷的江面上小雨淅淅沥沥下个不停，清晨云雾遮蔽了整个仙人山。明知道玄豹在遥远的深山里，可笑的是套豹的绊索却放在山下面。

南宋·佚名《九歌图》

这幅《九歌图》是根据屈原组诗《九歌》绘制而成，自卷首至卷尾依次为《东君》《河伯》《湘夫人》《大司命》《少司命》《云中君》《湘君》《山鬼》《国殇》，每篇都独立成画。这里选的《山鬼》一段，描绘了一幅深山图景，山鬼穿着用香草编成的衣服，骑在一头豹上，悠闲地行走在森林之中。树用墨染，人物和豹均用工笔，风格别致。

骆驼

寓目

杜甫

一县葡萄熟，秋山苜蓿多①。
关云常带雨②，塞水不成河③。
羌女轻烽燧④，胡儿制骆驼⑤。
自伤迟暮眼⑥，丧乱饱经过。

【难点疏通】

①苜蓿：多年生草本，有“牧草之王”的称号，不仅产量高，而且草质优良，各种畜禽均喜食。②关云：边关的云朵。③“塞水”句：因塞外地势高，水流没有阻隔，随便流淌，故云“不成河”。④羌女：羌族的女孩。烽燧：古代边防报警的信号。白天放烟叫烽，夜晚举火叫燧。⑤制：一作掣，牵引。⑥迟暮：晚年。

【诗义解说】

全县的葡萄都已成熟，秋天的山野上生长着许多苜蓿。边关一带的云彩常常含着雨水，塞外的水总是形不成河流。羌族家的女孩儿对烽燧不屑一顾，胡地的男孩儿都牵引着骆驼。到了晚年感到悲伤的是眼睛不好使，这都是因为饱经战乱使我过早地衰老。

清·华嵒《寒骆残雪图》

此图描绘雪山的景色，山下有帐篷、骆驼、旅客、孤雁和寒月，山上长着几株枯树，骆驼站在帐篷外面，正在觅食。这些都用极简单的笔墨画出，表现出寒冷空旷的意境。帐篷微开一角，红衣老人和环境的寒冷色调形成鲜明的对比。新月全用墨染，构思新颖。

蜀驮引

冯涓

昂藏大步蚕丛国①，曲颈微伸高九尺。
卓女窥窗莫我知②，严仙据案何曾识③。
自古皆传蜀道难，尔何能过拔蛇山④。
忽惊登得鸡翁碛⑤，又恐碍著鹿头关⑥。

【难点疏通】

①昂藏：魁梧高大。蚕丛国：蜀地古国名。 ②卓女：卓文君，西汉临邛（今四川邛崃）人，汉代才女，貌美有才气，善鼓琴，家中富有，后嫁司马相如。莫我知："莫知我"的倒装句，不知道我。 ③严仙：即严君平，西汉道家学者，思想家，蜀郡成都人。隐居成都市井中，以占卜著龟给人看相。日得百钱足自养，即闭门读《老子》。精老庄之学，终身不仕。著书十万余言，为当时著名文学家扬雄所敬重。据案：根据资料。 ④拔蛇山：秦惠王时献美女给蜀王，蜀王派五丁力士迎接，见一蛇入洞，五丁拖蛇，山崩路开。后将此山名为拔蛇山。 ⑤鸡翁碛：在今陕西汉中褒城镇北。 ⑥鹿头关：在今四川德阳东北鹿头山上。

【诗义解说】

高大威武地行走在蜀国大地上，脖子稍稍伸起就有九尺高。卓女从窗中偷看不知我是谁，严老仙也不认识我难查资料。自古以来都说蜀道难，你是怎样翻过的拔蛇山？忽然吃惊地登上了鸡翁碛，又担心被鹿头关挡在前面。

清·华嵒《天山积雪图》

图上绘一着红色大氅的人，与中原人有些不同，手牵骆驼，在寒气袭人的冰山雪地间跋涉着。天山耸立，直入云霄，山上白雪覆盖。一只孤雁掠过长空，大概是它的鸣叫声引起了红衣人的注意，正仰头观看。此图用中锋画出山形轮廓，用淡墨和花青渲染天空，人物与骆驼用笔工细，色彩绚丽多姿，与冷峻的寒山积雪形成强烈的对比。

驴

小游仙诗

曹唐

沙野先生闭玉虚①，焚香夜写紫微书②。
供承童子闲无事③，教剉琼花喂白驴④。

【难点疏通】

①沙野先生：传说中的仙人名。玉虚：天上仙宫。②紫微书：有关成仙得道的书。③供承童子：帮助做杂事的童子。④教：让。剉：铡碎。琼花：玉花。

【诗义解说】

沙野先生关闭了玉虚的大门，焚起香来夜晚撰写成仙得道的书。帮助做杂事的童子无事可做，便让他把琼花磨碎去喂白驴。

明·唐寅《骑驴归思图》

唐寅（1470～1523），苏州府吴县（今江苏苏州）人，字伯虎，号六如居士。山水、人物、花鸟，无所不精，与沈周、文徵明、仇英合称明四家。此图所绘山石耸立，高入云端。山间有小溪潺潺，奔流而下，几株树木点缀其间。盘曲的小路连接着临流危桥和谷间茅屋，其间有负薪过桥的樵夫、骑驴归家的士人，表现了文人隐逸的情趣。画法熟练，石和树都用湿笔中锋，秀润缜密，挥洒自如。

乌鸦

宫词

王涯

鸦飞深在禁城墙①，
多绕重楼复殿傍②。
时向春檐瓦沟上③，
散开朝翅占朝光④。

【难点疏通】

①禁城：皇宫。 ②重楼复殿：楼房宫殿重重叠叠，一个挨着一个。 ③时：有时。瓦沟：屋瓦的沟。 ④占：据有。朝光：早晨的阳光。

【诗义解说】

乌鸦飞过高高的宫墙进入深深的皇宫，绕着一座座宫殿楼阁不断飞行。有时落在春天的房檐或屋瓦的沟上，在清晨里散开翅膀享受着早晨的光明。

宋·赵佶《柳鸦芦雁图》

图中柳树干用粗笔浓墨绘出，笔势很壮，浑朴拙厚。柳条直线垂下，流利畅达，运笔圆润健韧而富弹性，墨色前后层次分明。图上一只白头鸦靠在根部，与枝上的另一只相向喃喃而语，还有两只依偎在一起，使寂静的大地顿时充满生机。鸟身用浓墨，浓黑如漆，羽毛用墨留出白线，嘴和舌用淡红色点染，头和腹部敷以白粉，周围略用淡墨烘染，使白头鸦分外突出，神采奕奕。

咏乌[1]

李义府

日里飏朝彩[2]，琴中伴夜啼。
上林如许树[3]，不借一枝栖。

【难点疏通】

①唐太宗李世民看了这首诗后，开玩笑地说："给你整个一棵树，何止一枝。" ②飏：飞扬。朝彩：朝霞。 ③上林：即汉朝时建的著名园林上林苑。如许：这么多。

【诗义解说】

清晨的彩霞在空中飘扬，到夜晚悠美的琴声伴着乌鸦的鸣啼。上林苑里虽然有这么多的大树，但我不想借取一枝在上面栖息。

宋·李成《寒鸦图卷》

李成（919～967），长安人，因曾住山东营丘，又称李营丘。所画山水极工，时称古今第一，与关仝、范宽同为大家，有"三家山水"之称。图上绘林木、溪桥、寒鸦，表现雪后乍晴、群鸦集于林间、冷气逼人景象。古木干粗枝繁，盘根错节，不着一叶，古朴苍劲，有久历沧桑的景象。蒲草顶端敷以白粉，更具清冷雪意。几十只寒鸦姿态万千，各不相同，皆有饥冻哀鸣之状。远处溪上横跨一桥，烟霭空濛，更具空灵幽深之趣。构图疏密有致，敷色灵活清润，技巧精能，意境深远。

丹阳送韦参军① 严维

丹阳郭里送行舟②，
一别心知两地秋。
日晚江南望江北，
寒鸦飞尽水悠悠③。

【难点疏通】

①丹阳：今安徽宣城。参军：隋唐时称郡官为参军。 ②郭里：城墙里。 ③悠悠：辽阔。

【诗义解说】

在丹阳城里送朋友乘舟远行，此一分别心里知道两处都已是寒冷的秋天。到了晚上从江南向江北望去，看着寒鸦飞得没了踪影只剩下宽阔的水面。

清 · 王武《花鸟图册》

王武（1632～1690），吴县（今江苏苏州）人，字勤中，号忘庵、雪颠道人。善画花草，神韵生动。画面上春意盎然，柳条吐出嫩绿，桃花正在盛开，红绿相间，十分好看。树枝动荡，似乎有一股春风拂来。一只乌鸦立在柳枝之上，刚刚把嘴张开想要鸣叫，春光中显得精神抖擞，黑白相间的羽毛清晰可见。本图工写俱佳，气氛渲染十分到位，使人有如临其境的感觉。

宿神龟招李二十八冯十七[1] 韩愈

荒山野水照斜晖[2]，啄雪寒鸦趁始飞[3]。
夜宿驿亭愁不睡[4]，幸来相就盖征衣[5]。

【难点疏通】

①神龟：驿站名，今不能确指。 ②斜晖：落日。 ③趁始：相互追逐。 ④驿亭：驿站上的亭子。 ⑤征衣：旅行在外人的衣服。

【诗义解说】

荒凉的山岭旷野的溪水笼罩在斜阳之下，在雪中啄食的寒鸦相互追赶着飞舞。夜晚在驿亭里因心有愁事而不能入睡，好在相互将就着盖上出行在外的衣服。

明·袁尚统《寒鸦图》

袁尚统（1570～1661），江苏苏州人。善画山水，风格浑厚，人物野放。这幅图用淡墨疾笔画出一株老树，枝杈斜出，树上还缠绕着枯藤。有五只乌鸦落在树枝上，另有两只正凌空飞来。有一只正仰头看着飞来的乌鸦，有一只好像在跟飞来的乌鸦打招呼。从着色来看，给人一种寒冷的感觉。寒鸦形态各异，兼工带写，墨色丰富，形神具足。

鹊

山鹊　司空图

多惊本为好毛衣①，
只赖人怜始却归②。
众鸟自知颜色减，
妒他偏向眼前飞。

【难点疏通】

①多惊：生性多疑。好毛衣：漂亮的羽毛。　②赖：依靠。怜：爱惜。始却归：才转回来。　③颜色减：羽毛的颜色不如对方。　④妒：嫉妒。他：指山鹊。

【诗义解说】

生性多疑是因为它有一身漂亮的羽毛，只是由于人们的喜爱它才又从山中转回来。其他的鸟都知道自己的颜色不好，妒忌那美丽的山鹊偏偏在眼前徘徊。

北宋·黄居寀《山鹧棘雀图》

黄居寀（933～?），成都人，字伯鸾。五代花鸟画家黄筌之子，于花鸟画创作有很高成就。此图河岸边原本是一片宁静，有只山鹧（山鹊）跳到河面的大石上，倾着身子，正准备啄饮溪水，长长的尾巴横跨到另一块巨石上。巨石后面长着几株细竹与荆棘，一群野雀飞来，轻巧地停在枝头，有的向下张望，有的张目互视似在对话，吱吱啼声划破寂寥的清水长空。生动真实。

山行见鹊巢

蒋洌

鹊巢性本高①，更在西山木②。
朝下清泉戏，夜近明月宿。
非直避网罗③，兼能免倾覆④。
岂忧五陵子⑤，挟弹来相逐⑥。

【难点疏通】

①性本高：本性喜欢高处。 ②更：再，又。 ③非直：不只是。 ④倾覆：翻倒下来。 ⑤五陵子：见张籍《猛虎行》注③。 ⑥挟弹：拿着弹弓。

【诗义解说】

喜鹊的本性喜欢把窝建在高处，因此筑在西山之巅高高的大树上。早晨下来到清清的泉水边游戏，夜晚在靠近明月的地方歇息。这不只是为了避开网罗，也是为了免于翻倒下去。哪里仅仅是担忧富家子弟，拿着弹弓追赶着对它射击。

元·孟珍《春花三喜图》

孟珍，字玉涧，更字季生，号天泽，乌程（今浙江湖州）人。善花鸟，尤长青绿山水。此图左侧巨石格外有力感，秀竹挺劲而葱郁，鲜花隐隐映在竹丛之中，红绿相间，十分夺目。有两只喜鹊正在平地嬉戏，一只仰翻在地，一只上前跟它打闹。高高的竹枝上还落着一只喜鹊，正俯身看着地上的二鹊高声鸣叫，好像在斥责它们。画风细腻，设色艳丽清新。

鹊

韩溉

才见离巢羽翼开，
尽能轻飏出尘埃①。
人间树好纷纷占，
天上桥成草草回②。
几度送风临玉户③，
一时传喜到妆台。
若教颜色如霜雪，
应与清平作瑞来④。

【难点疏通】

①轻飏：轻轻地飞。 ②天上桥成：指阴历七月七日喜鹊到天河为牛郎织女搭鹊桥。草草：匆忙仓促。 ③玉户：玉制的门。 ④清平：太平盛世。作瑞：带来祥瑞。

【诗义解说】

刚刚见到喜鹊离开巢穴羽翼就已展开，竭尽所能尽量高飞离开尘埃。人世间好的树木都被别人占领，天上搭完鹊桥就匆匆转了回来。几次随着小风来到玉户前，又传送喜讯来到梳妆台。如果让它的颜色像霜雪一样洁白，就应该为清平世界把祥瑞送来。

明·王中立《松树喜鹊图》

王中立，生卒年不详，苏州人。擅长花鸟，笔力老劲。此图山坡上长着一株虬劲的松树，树下长着一些野花野草。上方松枝上落着一只喜鹊，正衔着一枝树枝，向下俯视，看什么地方适合筑巢，表明时间正值春天。树干、树叶用浓淡不同的墨色勾出纹理，鸟身用浓墨绘出，神态生动。整幅作品布局合理，笔法娴熟。

喜山鹊初归

司空图

翠衿红觜便知机①，久避重罗稳处飞②。
只为从来偏护惜③，窗前今贺主人归。

【难点疏通】

①衿：衣服的下摆。这里指鸟的翅膀。觜：嘴。知机：知道征兆。机，征兆。 ②重罗：重重网罗。稳处：安全的地方。 ③偏护惜：偏偏受到保护和喜爱。

【诗义解说】

翠绿的羽毛红红的嘴巴知道怎样保护自己，长期避开重重网罗专门往安全的地方飞行。只是因为一开始就受到保护和爱惜，飞到窗前庆贺归来的主人。

清·华嵒《花鸟图册》

图中一枝梅花绽开了几朵花，一只山鹊凌空飞来，穿梅而过，在鸟的翅膀的扇动下，枝条摆动起来，划破了冬的轻寒。此画虽然构图简单，但大气磅礴，贯穿上下的一枝梅花酣畅淋漓，气势恢宏。颜色搭配合理，简洁而不单调，实为画中精品。

鹊

韩偓

偏承雨露润毛衣①，黑白分明众所知。
高处营巢亲凤阙②，静时闲语上龙墀③。
化为金印新祥瑞④，飞向银河旧路岐⑤。
莫怪天涯栖不稳，托身须是万年枝。

【难点疏通】

①偏承：格外受到。毛衣：羽毛。 ②凤阙：汉代宫阙名，因上有铜凤凰，故称凤阙。阙，古代皇宫大门两边供瞭望的楼，这里泛指皇宫。 ③闲语：指鹊不紧不慢地叫着。龙墀：即丹墀，古代宫殿前涂成红色的台阶。 ④“化为”句：据《博物志》：“常山张颢为梁相。天新雨后，有山鹊飞翔近地，市人掷之，稍下堕，民争取之，即为一圆石。言县府，颢令锤破之，得一金印，文曰‘忠孝侯印’。” ⑤“飞向”句：古代传说，牛郎织女于阴历七月七日，由喜鹊在银河上搭桥才能相会。

【诗义解说】

格外承受着雨露使羽毛十分润泽，黑白格外鲜明这是众人所知。把巢穴营造在高处靠近凤阙，安静的时候悠闲地叫着登上龙墀。化成金印带来新的祥瑞，飞向银河旧时的道路已辨不清晰。不要责怪在天边也栖息不稳，要想安全还须把自己放在万年的高枝。

清·华嵒《山鹊爱梅图》

图上可以隐隐约约看到一层淡雾萦绕山间，一条溪水在欢快地奔流，腊梅已经盛开，有鸟雀嬉戏于枝间。下面一块大石之上，两只山鹊一雄一雌似被盛开的梅花所吸引，正回头仰望，十分生动传神。本图笔法清秀飘逸，梅花采用双勾填色法，鸟儿刻画惟妙惟肖，山石采用披麻皴，意趣横生。

雀

雀飞多

张籍

雀飞多，
触网罗①，
网罗高树颠。
汝飞蓬蒿下②，
勿复投身网罗间③。
粟积仓④，
禾在田。
巢之雏⑤，
望其母来还。

【难点疏通】

①触：碰到。网罗：捕鸟的网。②汝：你，这里指雀。蓬蒿：蓬草和蒿草，都是比较低矮的野草。③勿复：不要再。④粟：即谷子。⑤巢：鸟的窝。

【诗义解说】

许多的鸟雀在天空中飞，纷纷碰上了罗网，罗网就设在高高的树尖。希望你飞到蓬蒿的下边来，别再投身到罗网里面。谷子就放在仓库里，禾苗就生长在田间（到这里来找食物吃吧）。在窝里的小鸟雏，正在盼望着妈妈凯旋。

宋·崔白《寒雀图》

作品描绘隆冬的黄昏，一群麻雀在古木上安栖入睡的景象。雀群分为三部分：左侧三雀，已经憩息安眠，处于静态；右侧二雀，乍来迟到，处于动态；而中间四雀，作为本幅重心，呼应上下左右，串联气脉，由动至静，使之浑然一体。鸟雀的灵动在向背、俯仰、正侧、伸缩、飞栖、宿鸣中被表现得惟妙惟肖。树干在鸟雀的衬托下，显得格外浑穆恬澹，苍寒野逸。

空城雀

孟郊

一雀入官仓[1]，所食宁损几[2]。
只虑往覆频[3]，官仓终害尔[4]。
鱼网不在天，鸟罗不张水。
饮啄要自然[5]，可以空城里。

【难点疏通】

①官仓：官府的粮仓。 ②宁：难道。几：不多的意思。 ③往覆：来往。 ④尔：你，指雀。 ⑤饮啄：饮食。

【诗义解说】

一只麻雀飞进了官府的粮仓里，尽它所吃能损失多少粮食。担心的是你不停地来来往往，到头来守仓人还是要害你。捕鱼的网不会设在天上，捕鸟的网不会张在水里。只要按照自然规律取得食物，即使在空城中也没有关系。

南宋·吴炳《竹雀图》

吴炳，毗陵武阳（今江苏常州）人，以花鸟画见长。图中丛竹枝繁叶疏，叶已泛黄，说明秋意渐浓。枝头一只麻雀显得无忧无虑，一脚抓住树枝，另一只脚从尾后抬起搔头，头向后侧扭，眼睛半闭，顽皮而悠然。竹以双勾填色，鸟以工笔描写，茸毛细腻，质感强烈。茂竹与枯枝被巧妙地分向两侧，鸟立在枯枝上，动静结合，生趣盎然。

青雀歌

卢象

啾啾青雀儿①，
飞来飞去仰天池②。
逍遥饮啄安涯分③，
何假扶摇九万为④。

【难点疏通】

①啾啾：鸟儿的鸣叫声。 ②仰：内心景仰之意。天池：仙界上的池塘。 ③逍遥：自由自在的样子。饮啄：饮食。涯分：本分。 ④何假：为什么要凭借。扶摇九万为：《庄子·逍遥游》："鹏之徙于南冥也，水击三千里，抟扶摇而上者九万里，去以六月息者也。蜩与学鸠笑之曰：'我决起而飞，抢榆枋，时则不至，而控于地而已矣，奚以之九万里而南为？'"扶摇，指回旋而上的龙卷风。为，语气词。

【诗义解说】

啾啾鸣叫的青雀儿，飞过来飞过去仰慕着天堂的水池。本来可以逍遥自在随意吃喝安守本分，为什么要借着旋风飞上那高高的九万里？

清·华嵒《花鸟图册》

这是一幅构思十分巧妙的图画。在一株纤细的高枝上，落着四只山雀，那细枝大有难以承受之意；而在下方，作者又用浓重的青彩渲染出一棵茂密的树枝，使那枝摇摇欲坠的细枝顿时有了稳定之感。枝上的四只山雀，表情各异，非常可爱。

黄雀痴

王维

黄雀痴，黄雀痴，谓言青鷇是我儿①。
一一口衔食，养得成毛衣。
到大啁啾解游飏②，各自东西南北飞。
薄暮空巢上，羁雌独自归③。
凤凰九雏亦如此④，慎莫愁思憔悴损容辉。

【难点疏通】

①谓言：说是。青鷇（kòu）：青色的初生的鸟雏。 ②解：知晓。游飏：飞翔。 ③羁雌：失偶的雌鸟。 ④凤凰九雏：《乐府诗集·陇西行》："凤凰鸣啾啾，一母将九雏。"

【诗义解说】

黄雀真是痴傻，黄雀真是痴傻，说那个青色的雏鸟是我的儿子。一口一口衔来食物来喂它，渐渐地养得它羽翼丰满。长大以后鸣叫着懂得了飞翔，打那以后就各自飞向了南北东西。到了夜晚空空的巢穴上，一只孤零零的雌鸟独自回归。凤凰虽然有九个孩子也都是如此，要注意不要愁眉苦脸消损了自己的身体。

南宋·佚名《梅竹双雀图》

图上绿竹掩映，两枝疏落的梅花伸向空中，红肥绿瘦。梅花有的已经全部开放，有的半遮面孔，有的则只露一个尖角，仿佛看到正在生长的情态。以清淡的色泽渲染寒意。两只山雀分别立在两根树枝上，一只挺胸仰望，另一只则低身俯视。鸟的羽毛用浓墨和淡彩晕染，近于没骨又独辟蹊径。花枝与竹叶交插错落有致，自然生动。

青雀歌

王维

青雀翅羽短①，
未能远食玉山禾②。
犹胜黄雀争上下③，
唧唧空仓复若何④。

【难点疏通】

①翅羽短：因鸟小翅短而不能远飞。 ②玉山：神话传说为西王母所居之处。因山上多玉石，因而得名。 ③黄雀：雀的一种，体型略小，黄褐色，冬季常群栖，鸣声可爱，可笼养观赏。争上下：为寻找食物而上下争飞。 ④复若何：又怎么样。

【诗义解说】

青雀的翅膀短又小，不能飞到遥远的玉山去吃那里的食粮。但也比黄雀为争食物而上下翻飞要好得多，可是在空空的仓库里唧唧地哀号又能怎么样。

清·华嵒《杂画册》

在一枝纤细的芦苇上，竟落着三只肥墩墩的山雀，把芦苇都压得弯了下来，我们似乎能感受到芦苇的晃动。三只山雀形态各异，有的在凝神远眺，有的俯首侧身，相对嬉戏，还有的回首观望，可谓曲尽其妙。此画构图细腻，疏密得当，设色清丽。

青雀歌

裴迪

动息自适性[1]，
不曾妄与燕雀群[2]。
幸忝鹓鸾早相识[3]，
何时提携致青云[4]。

【难点疏通】

①动息：活动和息止。适性：适合本性。 ②妄：随随便便。 ③忝：辱，自谦词。鹓鸾：据《毛诗草木虫鱼疏广要》：“凡凤有五色，多赤色者乃凤，多黄色者鹓雏，多青色者鸾。” ④致：达到。

【诗义解说】

活动和息止都随着自己的本性，从来不曾随意与其他燕雀为群。庆幸的是与鹓鸾早就相识，什么时候才能提携着我也上达青云。

清·金玥《花鸟虫鱼册》

寒江上笼罩着一层淡淡的雾气，几株绿竹十分苍翠。竹采用的是没骨法，中间的粗干显得格外苍劲，一笔挥就，流畅挺拔。竹叶则或浓或淡，彰显出特有的层次感。竹枝上的两只山雀用细笔刻画，眯眼缩头怡然自乐，似乎没有觉察到寒冷的到来。水用淡墨晕染，透出一股清冷。整幅画面设色清雅，构图充实，远近层次分明，过渡自然，气氛渲染非常到位。

青雀歌

王缙

林间青雀儿，
来往翩翩绕一枝①。
莫言不解衔环报②，
但问君恩今若为③。

【难点疏通】

①翩翩：上下翻飞的样子。 ②莫言：不要说。衔环报：据《续齐谐记》，有个名叫杨宝的人，九岁时到华阴山，见一黄雀被猫头鹰所掠，掉在树下，伤势很重。杨宝怀揣至家，精心抚养，伤好之后飞走。一晚，来一黄衣童子，说："我是西王母使者，以前出使蓬莱，被猫头鹰所掠，得到您的救护。我现在出使南海。"说完，拿出四只玉环，说："希望您的子孙如玉一样纯洁，并登三公之位。" ③但：只。若为：怎样，如何。

【诗义解说】

树林间的青雀儿，来来往往上下翻飞绕着一根树枝。不要说不懂得知恩图报，只是想问问您的恩情怎么样。

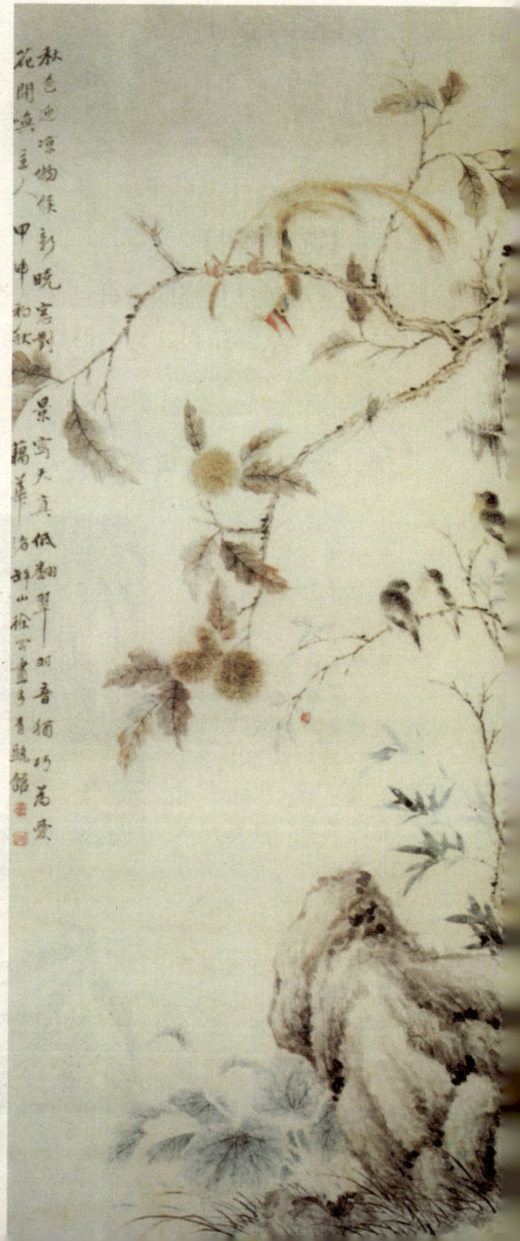

清·徐冈《秋晓翠羽图》

徐冈，字九成，清朝钱塘（今杭州）人。画坛全才，尤擅长花鸟画。在这幅图上，人们能够感受到秋风吹枯了枝叶，吹熟了树上的果实，高处一只美丽的小鸟立于枝头，正向下俯视，紧盯着一只昆虫；而下面树枝上有三只麻雀，也正看着那只昆虫。上面那只漂亮的小鸟，红色的嘴巴红色的腿，头上一缕蓝色的羽毛，腹部纯白，色彩艳丽；三只麻雀也形态逼真，十分可爱。山石皴染并用，浓墨点苔，显得浑厚苍凉；竹叶则用彩墨渍染，让人仿佛感觉到晨雾中的一股湿润。

檐雀

杨发

弱羽怯孤飞[1]，投檐幸所依。
衔环唯报德[2]，贺厦本知归[3]。
红觜休争顾[4]，丹心自识机[5]。
从来攀凤足[6]，生死恋光辉。

【难点疏通】

①怯：怕。 ②衔环：见王缙《青雀歌》注②。 ③贺厦：祝贺大厦落成。 ④觜：嘴。 ⑤丹心：赤诚之心。机：时机。 ⑥攀凤足：攀附凤凰之足，喻依附有权势的人。

【诗义解说】

纤弱的羽翼怕的是单独飞行，投身在房檐下庆幸的是有所依偎。衔着玉环只是为了报答恩德，祝贺大厦落成本来就知道回归。红红的嘴巴从来不为名利争斗，一颗赤诚之心自然知道审时度势。从来就是攀附在凤凰的足上，生生死死迷恋着它的光辉。

南宋·佚名《驯禽俯啄图》

图中麻雀蹲在盆罐的边沿上，正在低头觅食。雀的身上系着一根细绳，绳的末端还有一个圆环，突出了“驯禽”之意。此图用笔工细，画雀先用细笔勾出轮廓，再用细笔丝出茸毛，用浓墨点出眼珠、鸟尾和翅膀，质感十足。全图以简取胜，设色自然贴切。

黄雀行

李频

欲窃高仓集御河[1]，翩翩疑渡畏秋波[2]。
朱宫晚树侵莺语[3]，画阁香帘夺燕窠[4]。
疏影暗栖寒露重，空城饥噪暮烟多[5]。
谁令不解高飞去[6]，破宅荒庭有网罗。

【难点疏通】

①高仓：高大的仓库。御河：专供皇室使用的河道。 ②疑渡：想渡又不想渡。 ③朱宫：皇宫。侵：掩盖。 ④窠：鸟兽的巢穴。 ⑤饥噪：因饥饿而鸣叫。 ⑥令：让。不解：不知道。

【诗义解说】

想要窃取高仓里的粮食聚集在御河边，上下翻飞想过御河又怕秋天的水波。皇宫里晚上的树木掩盖了夜莺的鸣叫，在画阁上香帘下夺过燕子的巢穴。黑暗中栖息在稀疏的树影里寒冷的露水很重，在空旷的城池里饥饿地叫着晚上的烟雾很多。是谁不让你高高地飞走，它知道在破旧的宅子荒凉的庭院都布满了网罗。

南宋·佚名《瓦雀栖枝图》

图中五只形态各异的瓦雀落在海棠树枝上，枝上结满了果子，而叶子已经不多，表明时节正是秋季。叶子的向背用红绿两种颜色渲染。瓦雀们有的用喙梳理羽毛，有的仰视盯着叶子上落着的昆虫，有的仰首观望，有的安闲宁静，有的回首远望，可谓活灵活现。鸟的羽毛用细笔勾出，极富质感。海棠枝自左伸出，右端回绕，用笔精工，堪称佳品。

空城雀

李咸用

啾啾空城雀，一啄数跳跃①。
宁寻覆辙馀②，岂比巢危幕③。
茫茫九万鹏④，百雉且为乐⑤。

【难点疏通】

①啄：用嘴取食。 ②宁：与其。覆辙馀：翻车剩下的食物。 ③危幕：高高的帐幕。 ④九万鹏：据《庄子·逍遥游》，大鹏向南飞九万里。 ⑤百雉：原指城墙长度达三百丈，这里借指城墙。雉为古代计算城墙面积的单位，长三丈高一丈为一雉。

【诗义解说】

啾啾鸣叫在空城中的麻雀，每啄一次食就要跳跃很多次。与其在翻车的地方寻找剩余的食物，哪里比得上筑巢在高高的帐幕。大鹏一飞就是九万里不知飞向何方，哪里比得上就在城墙上寻找快乐。

南宋·佚名《霜筱寒雏图》

五只麻雀栖息在干枯的荆棘上，表情各不相同，有的回首观望，有的在相互交谈，有的正想起飞，千姿百态，妙趣横生。荆棘丛中还有翠竹相间，竹用双勾，然后用花青、汁绿渲染，为枯燥的环境带来一缕生机。小鸟勾出轮廓后再用细笔丝出羽毛，具有很强的质感。整幅画面用色清淡，墨绿、灰、白、黄褐搭配，突出了寒霜之气。

雁

归雁

杜甫

闻道今春雁，南归自广州[1]。
见花辞涨海[2]，避雪到罗浮[3]。
是物关兵气[4]，何时免客愁。
年年霜露隔，不过五湖秋[5]。

【难点疏通】

①“闻道”二句：本来雁飞至衡阳不再南飞。此云雁飞至广州，是为特例。据《唐会要》，大历二年，岭南节度使徐浩奏：“十一月二十五日，当管怀集县阳雁来，乞编入史。”此二句即说此事。 ②见花：花开时节，指春季。涨海：南海的古称。 ③罗浮：山名，在广东省东江北岸，风景优美，是粤中游览圣地。 ④兵气：战争。 ⑤五湖：指洞庭湖。据《史记索隐》，洞庭湖分具区、洮滆(gé)、彭蠡、青草、洞庭五湖。

【诗义解说】

听说今年春天的大雁，是从南方的广州飞来。它们看见花开就辞别了南海，为避霜雪来到了罗浮山。这种事情预示着战争，什么时候才能免去我客居他乡的愁怨。一年又一年受到寒冷的阻隔，秋天到来一直也没有走过洞庭湖边。

清·边寿民《芦雁图》

图中的色调显示的是黄昏时节，芦苇都染上了墨色，在寒风中摇曳。由于寒冷，溪水已经结冰，冰上正有四只野雁在休息。它们或闭目席地而卧，或仰天长啸，或曲颈高歌，或看着冰上映出的自己的影子，形象生动。此图重在写意，浓墨淋漓，气势恢宏，设色明艳。

泊雁　　戴叔伦

泊雁鸣深渚①，收霞落晚川②。
柝随风敛阵③，楼映月低弦④。
漠漠汀帆转⑤，幽幽岸火然⑥。
壑危通细路⑦，沟曲绕平田⑧。

【难点疏通】

①渚：水中小块陆地。　②收霞：逐渐消失的晚霞。　③柝：古代巡夜时所敲的木梆。敛阵：收敛起阵阵梆声。　④弦：半圆形的月亮。　⑤漠漠：寂静的样子。汀：水边。　⑥然：通"燃"。　⑦壑：深沟。危：高。　⑧沟曲：弯弯曲曲的水沟。

【诗义解说】

从沙洲上传来大雁的声声鸣叫，快要消失的晚霞落满山川。随着晚风巡夜的梆声渐渐收敛，掩映在半圆月色里的楼阁隐约可见。寂静的夜晚岸边的船帆在轻轻飘动，黑暗的夜色里可看到远处篝火点点。高而深的沟壑有一条羊肠小道，弯弯曲曲的水沟绕着平整田地水流缓缓。

宋·赵佶《柳鸦芦雁图》

图中所绘几只芦雁，形态各异，十分逼真。有一只正把嘴伸向水里，可能是发现了水中的鱼虾；有一只正把头仰起，看着远方；还有的静静地卧在那里，悠闲自得，画得惟妙惟肖，姿态生动传神。岸边一丛翠竹，水中几枝小草，都活灵活现。整幅画用笔圆润，设色自然，拙中见巧，情趣无限。

雁

杜牧

万里衔芦别故乡①，云飞雨宿向潇湘②。
数声孤枕堪垂泪，几处高楼欲断肠。
度日翩翩斜避影③，临风一一直成行。
年年辛苦来衡岳④，羽翼摧残陇塞霜⑤。

【难点疏通】

①衔芦：口含芦苇。是雁防止被射杀而采取的一种自卫方式。 ②潇湘：流经湖南的两条河。 ③斜避影：像要避开自己的影子一样斜着身体。 ④衡岳：南岳衡山。南飞的大雁飞到这里不再南飞，到第二年春天再从这里飞回北方。这里有回雁峰。 ⑤陇塞：指陕西、甘肃一带。这里泛指北方。

【诗义解说】

飞行万里口中衔着芦苇告别故乡，在云中飞行雨中住宿向着南方的潇湘。自己一人躺在枕头上听着几声雁叫不由流下泪来，又有几处高楼闺阁中的少妇思念远方亲人欲断肝肠。每日里偏斜着飞行像要避开自己的影子，面对着风一个个都排成了行。每年都辛辛苦苦来到南岳衡阳，被摧残的翅膀还带着北方的寒霜。

南宋·佚名《寒汀落雁图》

图中一湾碧水，水中洲渚纵横，几株芦苇已有些枯萎，已经落了叶的树木格外显眼，树上还栖息着几只寒鸦。沙渚之上，有十几只大雁、野鸭在安静地休息。远处隐约可见排成一字形的大雁正向天际飞去，深秋气息跃然纸上。此图层次感很强，手法兼工带写，笔触细腻清丽。

赋得沙上雁

耿湋

衡阳多道里①，弱羽复哀音②。
还塞知何日③，惊弦乱此心④。
夜阴前侣远⑤，秋冷后湖深。
独立汀洲意⑥，宁知霜霰侵⑦。

【难点疏通】

①多道里：路途远。 ②弱羽：指羽毛未丰满。 ③还塞：回到塞外。 ④惊弦：因曾受箭伤，所以听到弓弦声也心惊。 ⑤侣：伴侣。 ⑥汀洲：水边沙洲。 ⑦宁知：难道不知道。霰：空中降落的不透明的小冰粒。

【诗义解说】

前往衡阳的道路很是遥远，因羽毛未丰满而发出哀伤之音。什么时候才能回到北方，心里一片慌乱是因为听到了弓弦之声。夜色降临前面的伙伴已经飞远，秋天有些寒冷，后边的湖水仍然很深。一只大雁孤单单地站在沙洲之上，怎不知道霜雪就要降临。

元·任仁发《秋水凫雁图》

图上秋波荡漾，一片迷茫，树上的叶子已经开始凋落，而花儿正开得茂盛。近岸边湖石嶙峋，野草纷披。一群鸟儿正嬉戏在树枝之上，有的向下观望，有的在梳理羽毛，情态各异。岸边山石旁，有两只野鸭，一只在岸上梳理羽毛，一只在水中游泳，显得悠然自得。此画采取双勾填色技法，线条细劲匀称，色彩典雅，动静交融，生趣盎然。

题新雁

杜荀鹤

暮天新雁起汀洲①，
红蓼花疏水国秋②。
想得故园今夜月③，
几人相忆在江楼④。

【难点疏通】

①暮天：傍晚。汀洲：水边沙洲。 ②蓼：一年生或多年生草本植物，叶子互生，花多为淡红色或白色，结瘦果。 ③想得：想到。 ④相忆：相互忆念。

【诗义解说】

天黑下来新来的大雁从沙洲上飞起，水中的蓼花稀疏时令已到秋天。想到家乡今天晚上的月亮下，有几个人在江楼之上相互忆念。

清·蓝涛《杂画册》

溪水边长着稀疏的芦苇，右边一株枯树显得格外苍劲，树后有秋花点点。在这秋天景色中，一群野雁正生活在这里。上方有三只大雁正呈“一”字形向远方飞去，有一只紧随其后，还有一只白鹤也跟在后面。岸边的一群大雁，有的抬头观望，看着远飞的同伴，还有的安闲自得地梳理着羽毛。此图兼工带写，用笔劲健，设色古朴，布局疏密得当，突显秋的情景。

鸳鸯

鸳 鸯

李商隐

雌去雄飞万里天，
云罗满眼泪潸然①。
不须长结风波愿②，
锁向金笼始两全③。

【难点疏通】

①云罗：像网一样遍布天上的阴云。潸然：流泪的样子。 ②不须：不必，不用。长结风波愿：长期结下在风波中相守的愿望。③两全：双方都安全而无危险。

【诗义解说】

雌鸟走了雄鸟飞上万里蓝天，整个天空阴云密布不觉泪水满眼。不用结下长期在风波中相守的愿望，只有锁在金色的笼子里才会安全。

清·华喦《荷花鸳鸯图》

图中绘有一清澈的荷塘，水草随着水流摇曳，硕大的荷叶托出艳丽的花朵，左下方还有一朵荷花正含苞欲放，上下呼应，构图紧凑。一对鸳鸯栖息在岸边，一卧一立，相依相偎。荷叶用浓淡墨色染出，勾画出向背不同的颜色；而鸳鸯则全用工笔细细绘出，形象逼真，栩栩如生。

和友人鸳鸯之什

崔珏

寂寂春塘烟晚时①，两心和影共依依②。
溪头日暖眠沙稳，渡口风寒浴浪稀③。
翡翠莫夸饶彩饰④，䴙䴘须羡好毛衣⑤。
兰深芷密无人见⑥，相逐相呼何处归。

【难点疏通】

①烟晚：烟雾蒙蒙的夜晚。 ②依依：相依相偎。 ③浴浪：戏水。 ④翡翠：鸟名，嘴长而直，生活在水边，以吃鱼虾为生。羽毛有蓝、绿、红、棕等多种颜色，十分好看。 ⑤䴙䴘（pì tī）：一种水鸟，俗称油鸭，比家鸭小，翅膀短，不善飞，生活在河流湖泊的植物丛中，善潜水，捕食小鱼、小虾等。毛衣：羽毛。 ⑥芷：白芷，一种香草。

【诗义解说】

烟雾蒙蒙的夜晚春天的池塘里一片寂静，两颗相恋的心与水中的倒影相依相偎。小溪边暖气融融鸳鸯沉稳地睡在沙滩上，渡口风大寒冷它们很少到那里去戏水。翡翠不要夸你的颜色多么好看，䴙䴘则十分羡慕鸳鸯那一身毛色美。躲在深深的兰草和茂密的白芷丛中没人看见，前跟后随相互呼唤着不知何处归。

宋·赵佶《池塘秋晚图》

此图为《池塘秋晚图》中的一部分。左侧一枝残败的荷叶，显示出秋晚的特点。水面上一只鸳鸯正在悠闲地向前游着，而另一只则正向水中那只鸳鸯飞去，有一种急切和向往的表情，表现出鸳鸯相依相恋的情态。鸳鸯的动向，给人一种无限延伸之势，让观者有意犹未尽之感。水面上落花点点，进一步表现了秋天的景色。此图纯用水墨，不见有勾勒之笔，也不着色彩，画法简括、质朴，是花鸟画发展进程中的一种新面貌。

鸳鸯

杜牧

两两戏沙汀①，长疑画不成②。
锦机争织样③，歌曲爱呼名。
好育顾栖息④，堪怜泛浅清⑤。
凫鸥皆尔类⑥，惟羡独含情⑦。

【难点疏通】

①沙汀：水边或水中平整的沙地。 ②长疑：总是怀疑。 ③锦机：有美丽图案的织机。 ④好育：养育得好。顾：顾及。栖息：休息的地方。 ⑤堪怜：十分可爱。泛：漂浮。浅清：浅而清的水面。 ⑥凫：野鸭。尔类：你们这一类。 ⑦惟羡：唯一羡慕的是。

【诗义解说】

两只美丽的鸳鸯嬉戏在沙汀之上，美丽的颜色总让人感到难以画成。锦秀的织机争相纺织它的图样，歌曲里也总在歌唱它的美名。养育得很好而顾及栖息的地方，可爱的是它们在清浅的水边嬉戏游泳。野鸭和鸥鸟跟你们本是一类，唯一值得羡慕的是只有你们含有爱恋之情。

南宋·佚名《桃花鸳鸯图》

画面上部桃花数枝，从花心到花瓣、花托、树叶、树枝，阴阳向背、卷曲伸展，每一细部都表现得无比逼真、生动。画面下部一对鸳鸯栖息岸边，雌者曲颈向后梳理羽毛，雄者站立向前，与雌者身姿前后并列而面目相对。鸳鸯的羽毛、嘴、眼、爪以极为工细的线条画出，再敷以明丽的色彩，活生生的鸳鸯跃然绢素之上。画面右下方的水边草花，既增添了画面的野趣生气，又起到了很好的衬托作用。野草向左上伸展，桃花向左下出枝，皆指向鸳鸯，使鸳鸯成为视觉中心。整个画面洋溢着春天的气息，明丽而又宁静，妩媚而又雅致。

咏鸳鸯

李远

鸳鸯离别伤①，人意似鸳鸯②。
试取鸳鸯看③，多应断寸肠。

【难点疏通】

①离别伤：离别的时候感到伤怀。 ②人意：人的心意。 ③试取：试着跟鸳鸯比。

【诗义解说】

鸳鸯离别的时候感到伤怀，人的心意就跟鸳鸯一样。试着跟鸳鸯比比看，很多人也会寸断肝肠。

清·金玥《花鸟鱼图册》

一股秋凉之气跃然纸上，垂柳依依，天色阴沉，湖面被雨点击起圈圈涟漪，水面落叶也随之起伏。鸳鸯本来成双成对，可这里只有一只鸳鸯，更增添了秋天的悲凉。此图重在渲染秋天的气氛，天空用浓淡墨色渲染，远天与水相接处，用淡墨区分。而鸳鸯设色明暗相称，树叶用没骨法，水纹则用细线画出，无不刻画细腻。

鸳鸯

皮日休

双丝绢上为新样①，连理枝头是故园②。
翠浪万回同过影③，玉沙千处共栖痕④。
若非足恨佳人魄⑤，即是多情年少魂。
应念孤飞争别宿，芦花萧瑟雨黄昏⑥。

【难点疏通】

①双丝绢：指经线是双丝、纬线是单丝织成的绢。②连理枝：两树枝条相连。③翠浪：绿色的波浪。④玉沙：白色的沙滩。⑤足恨：多愁善感。⑥萧瑟：凋零，冷落。

【诗义解说】

在双丝绢上绣出了新的图样，连理枝头是它们的故土园林。绿色的波浪留下了它们上万回共同飞过的影子，上千处洁白的沙滩上留下了他们共同息止的印痕。若不是多愁善感的佳人胆魄，那一定是多情多意的少年灵魂。想到它们孤单独飞而又两地分宿的时候，那一定是芦花凋零冷雨打着黄昏。

清·吴振武《荷花鸳鸯图轴》

吴振武，字威中，清朝秀水（今浙江嘉兴）人，精工花鸟。图上塘水清澈见底，几枝荷叶伸出水面，内绿外白，显得十分劲挺。荷花千姿百态，有的已经完全绽放，有的含苞欲放，有的只有一个尖角。花瓣层叠有致，用黄色点蕊，格外醒目。下有一对鸳鸯相依而游，一向前，嘴微张，好像在寻找食物；另一只则缩首舒腿，怡然自乐，表情生动，含情脉脉，十分传神。全图刻画工整细腻，设色艳而不媚。

鸳鸯

吴融

翠翘红颈覆金衣①，
滩上双双去又归。
长短死生无两处②，
可怜黄鹄爱分飞③。

【难点疏通】

①翘：鸟尾的长羽。金衣：金色的羽毛。 ②长短：指生命的长与短。 ③黄鹄：黄鹤。

【诗义解说】

翠绿的尾羽鲜红的脖颈一身金色的羽毛，在沙滩上总双双飞去又双双飞回。不管生命的长与短永不分离，可怜的是黄鹄却喜欢自己独飞。

南宋·佚名《竹汀鸳鸯图》

水边一斜坡上一丛翠竹高大而繁茂，枝间栖息着鸟雀，还有两只大雁凌空远飞。河岸边一对鸳鸯，一只正俯首觅食，一只正回首观望，情意绵绵。此图兼工带写，设色艳丽，层次分明，构图严谨。

鸳鸯

吉师老

江岛濛濛烟霭微①，
绿芜深处刷毛衣②。
渡头惊起一双去③，
飞上文君旧锦机④。

【难点疏通】

①烟霭微：烟霭很淡。 ②绿芜：绿色的野草。 ③渡头：渡口。 ④文君：即卓文君，西汉临邛人，卓王孙女，善弹琴，通音律。司马相如琴挑卓文君，遂与之私奔，因贫穷，又返临邛，当垆卖酒。王孙耻之，分与财物，终成富人。

【诗义解说】

江中小岛上笼罩着一片淡淡的雾气，鸳鸯在绿色的草丛深处正在把羽毛梳理。渡口处惊起一对鸳鸯双双飞去，飞上了卓文君旧时的织机。

清·沈铨《群仙祝寿图》

这是一幅内容十分丰富的图画，一株苍劲的梅树顶天立地，梅花正在盛开，枝上落着一对绶带鸟。一条小溪从树下流过，岸边生长着天竹、月季、水仙等植物，还有一对色彩鲜艳的鸳鸯站在岸边。全图充满了喜庆气氛。作者用十分细腻的工笔，细致地刻画出画面上的每一种对象，视觉效果极佳。

鸳鸯草　薛涛

绿英满香砌①，
两两鸳鸯小。
但娱春日长②，
不管秋风早。

【难点疏通】

①绿英：绿色的花朵。砌：台阶。　②但：只是。

【诗义解说】

台阶边盛开着绿色的花朵充溢着香气，两只鸳鸯都还十分娇小。只是在春日里尽情地嬉戏玩耍，哪里管它秋风是不是吹来得早。

明·仇英《沙汀鸳鸯图》

图上江面开阔，沙洲交错，嫩竹翠绿，水边的石头玲珑剔透。沙洲上站着一只雄鸳鸯，正扭头看着在水中嬉戏的雌鸳鸯，关爱之情从画面溢出。水面上的涟漪，让人们似乎感受到了习习春风，而上方的乔木也朦胧着绿意，还有两只燕子在空中飞舞，一派盎然春意。此图用笔工细，皴擦柔和，色彩明艳，层次分明而又过渡自然。

鹭鸶

白鹭

刘长卿

亭亭常独立①，川上时延颈②。
秋水寒白毛，夕阳吊孤影③。
幽姿闲自媚④，逸翮思一骋⑤。
如有长风吹⑥，青云在俄顷⑦。

【难点疏通】

①亭亭：直立的样子。 ②川上：河边。延颈：伸脖子。 ③吊：安慰。 ④幽姿：幽雅的姿态。 ⑤逸翮：指强健善飞的鸟的翅膀。一骋：奋飞。 ⑥长风：大风。 ⑦青云：高空。俄顷：时间很短。

【诗义解说】

白鹭经常笔直地站立在水边，在河边上时常伸出长长的脖颈。秋天到了，河中鹭鸶洁白的羽毛看上去也有些寒冷，太阳下山的时候只有孤单单的身影来安慰自己。幽雅的姿态在悠闲地自我欣赏，强劲的翅膀总想展翅飞上高空。如果有大风刚好吹来，眨眼之间就可直上青云。

清·居巢《双鹭图》

此画构图别出心裁，两只白鹭不是亭亭玉立，而是缩着脖子，并占据了画面的大块空间，一股秋的寒气扑面而来。白鹭与青翠浮萍相映成趣，清新可爱。用笔简括，设色淡雅，却韵足神完，秀丽脱俗。荷叶用墨染出，而鹭则工笔绘成。

赋得白鹭鸶送宋少府入三峡 李白

白鹭拳一足①，月明秋水寒。
人惊远飞去，直向使君滩②。

【难点疏通】

①拳：卷起。 ②使君滩：在今重庆市万州东长江中。晋人杨亮为益州（今四川成都）刺史，行至这里，船翻而死，后人便把这里叫使君滩。

【诗义解说】

洁白的鹭鸶蜷起了一条腿，在皎洁的月亮下秋天的江水有些寒意。鹭鸶受到人的惊扰远远飞去，一直飞到那遥远的使君滩。

明·魏学濂《荷花鹭鸶图》

魏学濂（1608～1644），浙江嘉兴人，擅画山水，兼工花鸟。图上绘有一只独立的站在水中的鹭鸶，正在闭目小憩。身后荷叶舒卷如云，荷叶用淡墨绘出，再用浓墨勾筋。白鹭造型生动，近似白描，不加晕染，身形用墨叶衬出，形成了线与面的对比效果。格调清新，设色淡雅。

白鹭 李嘉祐

江南渌水多①，
顾影逗轻波②。
落日秦云里③，
山高奈若何。

【难点疏通】

①渌水：清澈的水。 ②顾影：回头看自己的影子。逗：游戏。轻波：微波。 ③秦云：秦岭上的云雾。

【诗义解说】

江南清澈的水流十分的多，白鹭回头看着自己的影子在微波上戏耍。太阳落在了秦岭的云雾之中，因山高见不到阳光又有什么办法。

清·任颐《九思图轴》

一潭宁静的湖水没有一丝波浪，水中的荷花正在盛开，还有红蓼、芦苇相伴而生。有九只形态各异的鹭鸶站在水中，凝神静思。作者题的款识为：“君子有九思。”这是《论语·季氏》中的一段话，原话为：“君子有九思：视思明，听思聪，色思温，貌思恭，言思忠，事思敬，疑思问，忿思难，见得思义。”作者用九鹭协音“九思”，构思巧妙。

白鹭鹚

李德裕

余心怜白鹭①，潭上日相依。
拂石疑星落②，凌风似雪飞③。
碧沙常独立④，清景自忘归。
所乐惟烟水，徘徊恋钓矶⑤。

【难点疏通】

①怜：爱。 ②拂石：鹭鸶的翅膀拂在石上。疑星落：因鹭鸶色白，疑是天上的星星落了下来。 ③凌风：迎着风。 ④碧沙：白沙。 ⑤矶：水边突出的岩石。

【诗义解说】

我的内心十分喜爱白鹭，它们每天都在潭水上相并相依。翅膀拂在石上让人怀疑是天上的星星降落下来，迎着风像雪片一样凌空而飞。它们常常在白色的沙滩上单腿独立，留恋清丽的景色忘记了归去。它们所喜爱的就是烟雾水滨，走来走去留恋着钓鱼的石矶。

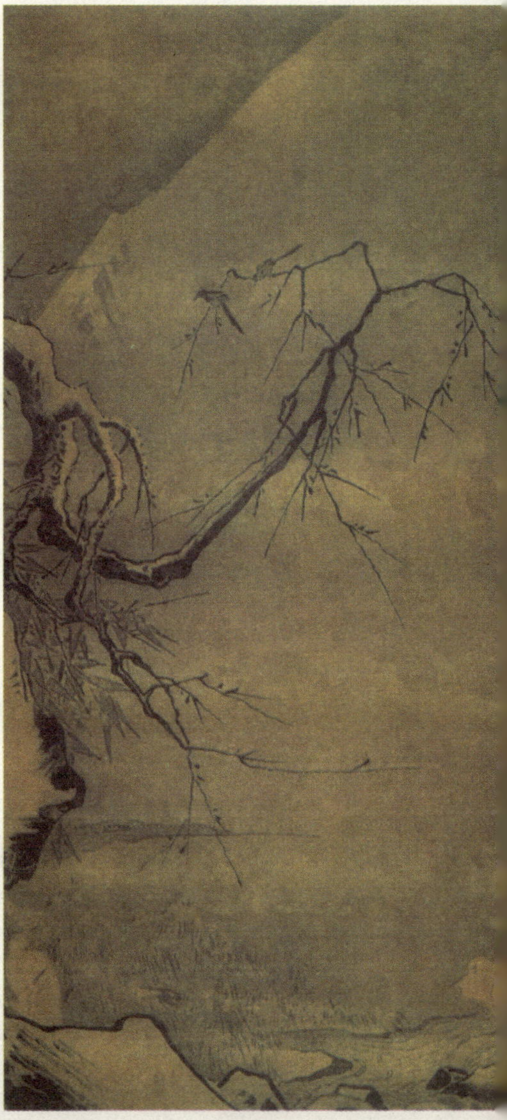

南宋·马远《雪滩双鹭图》

看到这幅图，立刻就有一股寒冷之气吹来。图上的色调、物象，都极度传达出冷的气息。右上角的岩石半壁斜出，远山被皑皑白雪覆盖。岩石上一棵古树从石壁上向下斜伸，枝条纵横，上面还落着一层白雪，使树显得刚劲枯硬。下方的河水已经结冰，岸边站着两只白鹭，相距有一段距离，一只回头仰望，另一只缩颈敛羽，更增加了寒冷的味道。此图以秃笔浓墨变化勾勒，墨色黑白相间，显示出一派肃杀寒气。

鹦鹉

鹦鹉洲①

李白

鹦鹉来过吴江水②，江上洲传鹦鹉名。
鹦鹉西飞陇山去③，芳洲之树何青青④。
烟开兰叶香风暖⑤，岸夹桃花锦浪生⑥。
迁客此时徒极目⑦，长洲孤月向谁明⑧。

【难点疏通】

①鹦鹉洲：旧址在今湖北汉阳长江中。 ②吴江：这里指武汉一带的长江。 ③陇山：在今陕西、甘肃两省之间。相传鹦鹉产自此处。 ④芳洲：长满鲜花的水洲。 ⑤烟开：笼罩在水面上的雾气散开。 ⑥锦浪：因桃花落在水上，使波纹也变得似锦缎。 ⑦迁客：被贬谪到外地的官员。徒：白白地。极目：放眼远望。 ⑧长洲：水中长条形的陆地。

【诗义解说】

鹦鹉曾来过这吴江的水面，因此江上才有了鹦鹉洲的名称。鹦鹉向西飞回到陇山那里，长满香草的水洲绿树多么茂盛。烟雾散开随着兰花的香气吹过一阵暖风，两岸桃花落在水面生起层层波纹。被贬的官员到此白白地极目远望，长洲上孤单的月亮为谁而明。

清·胡湄《鹦鹉戏蝶图》

胡湄，字飞涛，浙江平湖人，工花鸟画。图中左上角的桃花正在盛开，桃树上挂着一副鸟架，倒挂着的铁链把观者目光引向下方：一只白鹦鹉的脚被缚在铁链上，身体仰挂，两翼展开，头翻转向下，目光炯炯，一些花瓣被飞舞的翅膀抖落，飘在半空，两只蝴蝶被它吓得匆忙逃走。一只顽皮的鹦鹉形象跃然纸上，活泼生动。

和乐天鹦鹉

刘禹锡

养来鹦鹉觜初红①，宜在朱楼绣户中②。
频学唤人缘性慧③，偏能识主为情通④。
敛毛睡足难销日⑤，亸翅愁时愿见风⑥。
谁遣聪明好颜色⑦，事须安置入深笼⑧。

【难点疏通】

①觜：通“嘴”。 ②朱楼绣户：指豪门贵族人家。 ③性慧：本性聪明。 ④识主：认识主人。情通：感情相通。 ⑤敛毛：收敛起羽毛。销日：消磨时间。 ⑥亸（duǒ）翅：垂下翅膀。 ⑦谁遣：谁让你有。 ⑧事须：这件事就应该。

【诗义解说】

饲养的鹦鹉它的嘴刚刚有些发红，它就应该生活在大户人家的房中。频繁地学着呼唤人的名字是因为它天性聪慧，还能识别出自己的主人是因为他们感情相通。收敛起羽毛足足地睡上一觉也难消磨这长长的时光，垂下翅膀发愁时就想到外面见见风。谁让你这么聪明又有这么好的颜色，就应该把你们安置在深笼之中。

宋·赵佶《五色鹦鹉图》

图中描绘五色鹦鹉落在一株腊梅枝上，梅枝用墨笔勾勒，花以粉白着色，鹦鹉用细笔画出羽毛，用赭红和石青着色，线条清劲有力，生动活泼而可爱。整幅图用笔细腻工致，设色浓艳，精巧典雅，表现了五代宋初以来形成的写实风格。

鹤

池边鹤　储光羲

舞鹤傍池边①，水清毛羽鲜。
立如依岸雪②，飞似向池泉。
江海虽言旷③，无如君子前。

【难点疏通】

①傍：依傍。　②雪：指鹤的羽毛洁白。　③旷：宽阔。

【诗义解说】

舞动的仙鹤依傍在池塘旁边，池水清清羽毛格外鲜艳。站在那里就像依在岸边的白雪，飞起来就像倾泻而下的山泉。江河湖海虽然宽广，不如厮守在君子的身边。

明·边景昭《双鹤图》

边景昭，生卒年不详，字文进，福建沙县人，博学能诗，精画禽鸟花果。图上溪水坡岸立有两只白鹤，一只垂首下喙觅食，另一只转项回首，整理翎羽，情态各异，悠然自得。三棵老竹劲挺耸立于仙鹤间，小竹丛生，环境清幽净洁，更加衬托出仙鹤轩昂高洁的气质。构图疏朗，用笔细腻而不板滞，色泽浓艳而不流于柔媚，用白粉细笔勾画仙鹤羽毛，颇有质感。以细毫写脖颈及尾羽绒毛，极工整细致，毫微毕见，笔法朴拙，风格浑厚。

池鹤

白居易

高竹笼前无伴侣，乱鸡群里有风标[①]。
低头乍恐丹砂落[②]，晒翅常疑白雪消[③]。
转觉鸬鹚毛色下[④]，苦嫌鹦鹉语声娇。
临风一唳思何事[⑤]，怅望青田云水遥[⑥]。

【难点疏通】

①风标：优美的神态。 ②乍：只是。丹砂：本指朱砂，一种矿物质，色深红。这里指鹤头顶上那一点红。 ③白雪：指鹤身上洁白的羽毛。 ④鸬鹚：一种水鸟，毛黑色，有绿、蓝、紫等光泽，嘴扁而长，上嘴的尖端有钩，能捕鱼。我国南方多饲养用来捕鱼。下：低下，不好看。 ⑤唳：鹤的鸣叫声。 ⑥怅望：惆怅地望着。

【诗义解说】

在高高的竹笼前孤孤单单没有伴侣，在乱鸡群里显得别具一格。低下头去怕的是头顶上的丹砂掉落，晾晒翅膀又担心身上雪白的羽毛消解。转而一想鸬鹚的毛色实在是不好看，而感到讨厌的是鹦鹉那好听的音色。迎着风鸣叫一声在想着什么事情，惆怅地望着青色的田野天空水边都远离于我。

宋·赵佶《瑞鹤图》

此图画的是庄严耸立的东京汴梁宣德门，门上方彩云缭绕，十八只神态各异的丹顶鹤翱翔盘旋在上空，另二只站立在殿脊的鸱吻之上，空中仿佛回荡着悦耳动听的仙鹤齐鸣之声。此图以工笔绘成，线条细劲，设色富丽，金黄的殿宇、碧青的天空以及白墨二色点染而成的灵动瑞鹤，使整幅画面充满了皇家高贵之气，富有吉祥的寓意。

忆放鹤

李绅

羽毛似雪无瑕点①，顾影秋池舞白云②。
闲整素仪三岛近③，回飘清唳九霄闻④。
好风顺举应摩日⑤，逸翮将成莫恋群。
凌励坐看空碧外⑥，更怜凫鹭老江濆⑦。

【难点疏通】

①瑕点：斑点。 ②顾影：回看自己的影子。 ③素仪：洁白的外表。三岛：传说中的海上三仙山蓬莱、方丈、瀛州。 ④清唳：鹤清脆的叫声。 ⑤摩日：靠近太阳。 ⑥凌励：气势猛烈的样子。坐看：形容时间很短。空碧：碧蓝的天空。 ⑦濆（fén）：水边高地。

【诗义解说】

鹤的羽毛像雪一样白没有一点瑕斑，飞舞在白云之上回看自己倒映在秋天池塘里的身影。闲来无事整理一下洁白的外表离海外仙山近了许多，空中飘荡着鹤的叫声在九天之上都可聆听。顺着一阵好风吹来应该直达太阳边上，翅膀将要长成不要留恋思群。勇猛地飞上天空很快就到了碧空之外，更可怜的是野鸭鹭鸶老死在江河之滨。

清·沈铨《松鹤图轴》

此图写溪畔的两只丹顶鹤，还有苍松浓郁，枯藤披垂，竹花互掩，清流湍急。一鹤回头顾盼，一鹤昂首高歌，极为生动。松枝蟠曲而出，松针劲挺而翠意欲滴。本图工细精丽，敷色浓艳，并极勾染之巧，设色明艳，颇有深厚的写生功力。

松鹤

戴叔伦

雨湿松阴凉，风落松花细①。
独鹤爱清幽，飞来不飞去。

【难点疏通】

①松花：松树之花。据明李时珍《本草纲目·木一·松》：“松花，别名松黄……润心肺，益气，除风止血。”

【诗义解说】

细雨过后松树湿润显得有些阴凉，一阵风来吹落细细的松花。一只孤独的鹤喜爱这里的清幽，飞到这里来再也不肯飞去。

清·沈铨《松梅双鹤图》

清山秀水，苍松腊梅，修竹仙鹤，浑然一体，超然脱俗，犹如仙境。一只鹤正在仰首长鸣，亭亭玉立；另一只鹤则俯身饮水，单腿点地，分别站在小溪的两边。二鹤形神兼备，传神入化，清雅之气跃然纸上。本图布局疏密得当，设色艳而不媚，用笔工整细腻。

鹤叹

刘禹锡

丹顶宜承日①，霜翎不染泥②。
爱池能久立，看月未成栖。
一院春草长，三山归路迷③。
主人朝谒早④，贪养汝南鸡⑤。

【难点疏通】

①宜：适合，应该。承日：承受太阳的光辉。 ②霜翎：雪白的羽毛。 ③三山：指海外三仙山蓬莱、瀛洲、方丈。 ④朝谒：入朝觐见。 ⑤汝南鸡：汝南一带盛产长鸣鸡。《乐府诗集》卷八三《杂歌谣辞·鸡鸣歌》："东方欲明星灿烂，汝南晨鸡登坛鸣。"汝南，今河南鲁山以东、宝丰县以南、叶县西北一带地区。

【诗义解说】

红色的顶子适合承受太阳的光辉，雪一样的羽毛没有染上一点儿污泥。在它喜爱的池塘边能够长久站立，看着月亮的光华未能回巢歇息。一院子的春草长得十分茂盛，迷失了回到仙山的路途。主人每天上朝之前就已起来，为着贪心饲养的汝南那种善于鸣叫的公鸡。

清·华嵒《松鹤图》

从图上我们看到湖边有一块很小的平地，平地上站着两只十分生动的鹤，一仰面朝天，一俯首下视，载歌载舞，动感极强。旁边一棵苍劲的古松拔地而起，亭亭如盖。松萝倒挂，直触湖石，极尽婆娑之态。全图布局严谨，设色浓淡相宜，清新宜人，兼工带写，十分传神。

崔少卿鹤

姚合

入门石径半高低①，
闲处无非是药畦②。
致得仙禽无去意③，
花间舞罢洞中栖。

【难点疏通】

①半高低：高低适中，不高不低。 ②畦：有土埂围着的一块块排列整齐的田地，长方形居多。 ③致得：获得，得到。仙禽：指鹤。

【诗义解说】

走进门来一条石径不高不低，空闲的地方无非一块块药畦。获得了一只仙禽没有离去的意思，在花丛中翩翩起舞之后在洞中栖息。

清·华嵒《花鸟图册》

这幅图用淋漓之笔尽绘柳枝仙鹤的清雅。图上流水淙淙，垂柳依依，水草丛生，一只丹顶鹤站在水里正在觅食。鹤的身体用浓墨绘出，头上一点鲜红十分醒目。树干用淡墨画出，虽寥寥几笔，但潇洒飘逸之态跃然而出。叶用花青渲染，又用焦墨皴擦，疏密得当，主次分明。

鹤

储载

欲洗霜翎下涧边，
却嫌菱刺污香泉[①]。
沙鸥浦雁应惊讶[②]，
一举扶摇直上天[③]。

【难点疏通】

①菱刺：带刺的菱角。②浦：水边。③扶摇：盘旋而上。

【诗义解说】

想要洗一下雪白的羽毛来到山涧边，却嫌菱角的刺污染了香泉。沙滩上的鸥鸟和水边的大雁感到吃惊，看着白鹤一举直飞上高高的云天。

清·李鱓《松鹤图》

图上山石峻峭，涧水奔腾，松树遒劲而挺拔，松萝倒挂，摇曳生姿。树下两只仙鹤在休息。一只仙鹤单腿点地，回首平视，另一只回首仰望，显得悠闲自得。清雅超然之气溢于画面。

鹤

李九龄

天上瑶池覆五云①，
玉麟金凤好为群。
不须更饮人间水②，
直是清流也汗君③。

【难点疏通】

①瑶池：古代传说中昆仑山上的池名，西王母所居。五云：五色祥云，多为吉祥的征兆。 ②不须：不用。更：再。 ③直是：即便是。汗君：使君出汗。

【诗义解说】

天上的瑶池覆盖着五色祥云，在那里可以跟玉色的麒麟金色的凤凰结伴为群。不须再饮人间的河水，人间即便是清澈的流水也会让人汗水淋淋。

清·郎世宁《松鹤图》

画的右方巨石突兀，松树苍劲虬曲。下面两鹤怡然自得，一展翅蹁跹起舞，一俯身曲颈回望，神态优雅，形象逼真。更有杂草、野灵芝长在古松前后，如仙境般典雅。图中突出中西合璧之神韵，鹤的羽毛渲染具国画特色，松石也能看出国画风格，同时也能看出西方绘画中讲究明暗对比的方法。

伯劳

曲江早春

白居易

曲江柳条渐无力①，杏园伯劳初有声②。
可怜春浅游人少③，好傍池边下马行④。

【难点疏通】

①曲江：又称“曲江池”，唐代著名的风景区，在唐长安城东南隅，因水流曲折得名，位于芙蓉园西部。全园以水景为主体，一片自然风光，岸线曲折，可以荡舟。池中种植荷花、菖蒲等水生植物。亭楼殿阁隐现于花木之间。渐无力：是说柳条一天天长长，轻柔无力地在风中飘动。 ②伯劳：鸟名，额部和头部两边呈黑色，颈部的羽毛呈蓝色，背部棕红色，有黑色的波状横纹，以昆虫小鸟为食。 ③春浅：春天刚刚到来。 ④傍：沿着。

【诗义解说】

曲江边的柳树渐渐变得柔软无力，杏园里的伯劳也开始发出鸣叫声。可怜的是春天刚刚到来游人还很稀少，我只好从马上下来沿着池边慢慢步行。

南宋·李迪《雪树寒禽图》

画面紧扣“雪”“寒”二字，一株枯树立于雪中，树叶已荡然无存，树杈疏落有致地指向天空，旁边留白，以示积雪。一只伯劳鸟落在树枝上，羽毛丰满，神态自若。下侧一丛幽篁，竹叶半面积雪，更增添了清冷之气。构图疏落有致，备显空灵广阔。树枝的挺劲与鸟羽的润泽形成对比，充满了自然情趣。浅淡的色调与以墨染暗的天空，使人观之第一眼便落在“寒禽”身上。

鸡

又和留山鸡

薛能

五色文胜百鸟王①，相思兼绝寄芸香②。
由来不是池中物③，鸡树归时即取将④。

【难点疏通】

①五色文：羽毛有五种颜色，形容鸟的羽毛好看。文，通“纹”。百鸟王：指凤凰。②兼绝：同时达到顶点。芸香：即今天所说的油菜。因古代秘书省周围常种植芸香，故又称秘书省为芸香。由此可知，作者的朋友在秘书省工作，曾写过一首关于山鸡的诗，这是他的和诗。③由来：本来。池中物：比喻平庸无为的人。④鸡树：指中书省。据《三国志》，因有鸡栖止于中书省殿内树上，后便以“鸡树”代指中书省。取将：拿走。

【诗义解说】

有着美丽羽毛的山鸡胜过鸟中之王凤凰，对山鸡的喜爱和对朋友的思念都达到高潮，因此把这首诗寄给在秘书省工作的朋友。山鸡本来就不是等闲之物，所以等我从中书省回来就把它带走。

宋·赵佶《芙蓉锦鸡图》

画上锦鸡的神态传神，全身毛羽颜色鲜丽，曲尽其妙。芙蓉枝叶俯仰倾斜，每一片叶子均不重复，耐人寻味。图下几枝菊花斜插而出，增添了构图的错综复杂，渲染了金秋的气氛。用笔的精娴熟练，双勾设色的细致入微，空间分割的自然天成，足以代表北宋院体画的水平。

晓鸡　秦系

黯黯严城罢鼓鼙①，
数声相续出寒栖②。
不嫌惊破纱窗梦③，
却恐为妖半夜啼。

【难点疏通】

①黯黯：光线昏暗。严城：戒备森严的城池。鼓鼙：指古代军队用的乐器中的大鼓和小鼓。 ②相续：一声跟着一声。寒栖：寒冷中的鸡巢。③惊破：惊醒。

【诗义解说】

戒备森严的城池里一片黑暗鼓声已经停止，一声接一声的鸡叫传自鸡窝里。不怕它惊醒人们的美梦，怕的是在半夜里像妖精一样鸣啼。

清·沈铨《秋桐群鸡图》

一棵高大的梧桐树顶天立地，树上叶子浓绿。旁边有颜色泛白的湖面，湖岸边怪石累累，岸边树下有鲜花翠竹。湖石上站立着一只雄鸡，正俯视着下面群鸡在觅食嬉戏；更有一只淘气的小鸡爬在母鸡的背上，其乐融融。刻画细腻，笔法工整，设色美艳，实为古代绘画中的上乘之作。

鸡鸣曲

汪遵

金距花冠傍舍栖①，清晨相叫一声齐。
开关自有冯生计②，不必天明待汝啼。

【难点疏通】

①金距：装在斗鸡距上的金属假距。距，雄鸡、雉等禽类腿后突出像脚趾的部分。②“开关”句：战国四君子之一的孟尝君出使秦国被昭王扣留，孟的一个食客装狗进入秦宫，偷出狐白裘，献给昭王的爱妾，经她说情，放了孟一行。可半夜到了函谷关，昭王又派人来追。按当时关法鸡鸣时才开关放行，这时，孟的一个食客冯驩学鸡叫，引得众鸡齐鸣，骗开城门，得以逃回齐国。关，指函谷关，在今陕西东部。冯生，即冯驩。

【诗义解说】

戴着金属假距，头上冠子十分漂亮的雄鸡栖息在房舍旁，清晨一到它们的叫声就响成一片。要想骗开函谷关门自有冯生的妙计，用不着等到天亮等待你们的啼鸣。

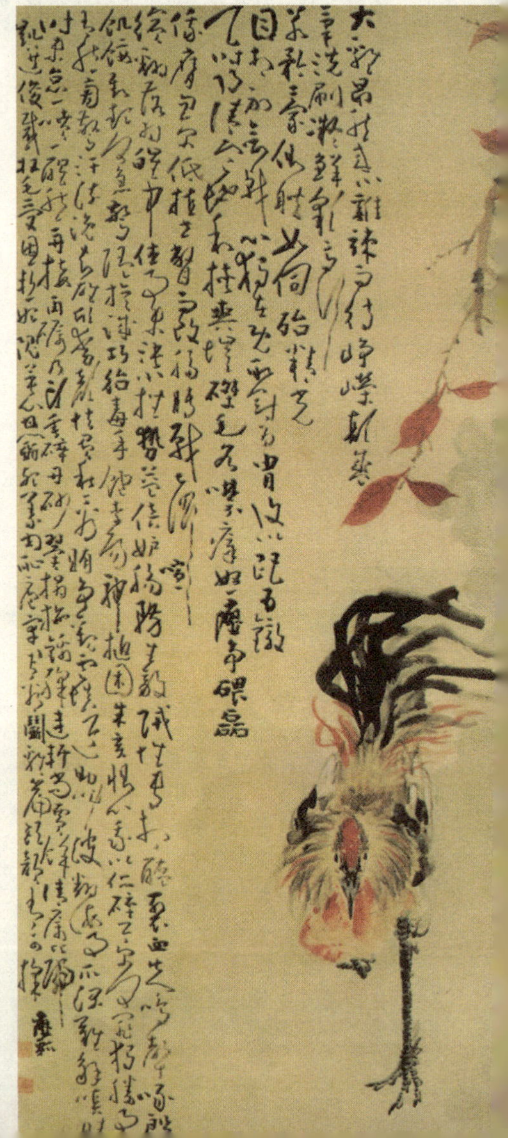

清·黄慎《雄鸡图》

黄慎（1687～约1772），福建宁化人，擅画人物、山水，亦画花卉，为“扬州八怪”之一。这是一幅书画双绝的作品：画面右下方，一只羽翎鲜艳的雄鸡正阔步疾奔而来，身上羽毛随势激扬，墨彩挥洒，雄鸡取正面之姿，钢爪强劲有力，雄鸡的凛凛威风被描绘得淋漓尽致；背景以淡墨渲染烘托。左上角至画幅左边为黄慎所写的草书，点画纷披，散而有序，运笔枯劲。

鸡

崔道融

买得晨鸡共鸡语①，
常时不用等闲鸣②。
深山月黑风雨夜，
欲近晓天啼一声③。

【难点疏通】

①共鸡语：对鸡说。 ②等闲：轻易，随便。 ③晓天：天快亮的时候。

【诗义解说】

买了一只早晨打鸣的鸡我对它说，平时不要随随便便地啼鸣。在深山里没有月亮且风雨交加的夜晚，快到天亮的时候你就叫唤一声。

南宋·李迪《鸡雏待饲图》

图绘两只雏鸡，一卧一立，面朝同一方向，屏气凝神，仿佛听见母亲觅食的召唤，正欲奔去，将雏鸡嗷嗷待哺的情态表现得淋漓尽致，充分反映了温馨的农家情调。画家用黑、白、黄等细线密实地描绘出雏鸡毛茸茸的质感，生动地绘出鸡雏幼小可人的生动神态，体现了深厚的绘画功力。构图极其简洁，无任何背景相衬，却捕捉到了鸡雏回眸的刹那间神情，动人心弦。用笔精细，出神入化，妙趣横生。

山雉

白居易

五步一啄草，十步一饮水①。
适性遂其生②，时哉山梁雉③。
梁上无罾缴④，梁下无鹰鹯⑤。
雌雄与群雏，皆得终天年。
嗟嗟笼下鸡⑥，及彼池中雁。
既有稻粱恩，必有牺牲患⑦。

【难点疏通】

①“五步”两句：梁皇侃《论语义疏》：“言人遭乱世，翔集不得其所，是失时矣。而不如山梁之雉，十步一啄，百步一饮，是得其时。”这里化用此句。 ②适性：随着自己的本性。 ③“时哉”句：《论语·乡党》：“山梁雌雉，时哉时哉！”时哉，善于审时度世。 ④罾缴：猎取飞鸟的工具。 ⑤鹯（zhān）：古书上说的一种猛禽。 ⑥嗟嗟：感叹词。 ⑦牺牲：供祭祀用的动物。

【诗义解说】

走五步啄一口青嫩的野草，走十步饮一口河水清清。随着本性过着自己的一生，山梁上的野鸡真是懂得世情。山梁上没有捕鸟的网罗，山梁下没有鹰鹯一类的猛禽。雌野鸡和雄野鸡还有那群小野鸡，都可以活到可以死掉的年龄。可叹的是那些笼子里的鸡，还有生活在水池里的大雁，即便是人有供给你稻粱的恩情，也一定会有被当作牺牲品的担心。

南宋·佚名《翠竹翎毛图》

图中湖石之上白雪皑皑，秀竹交错而立，枝繁叶茂，其间鸟雀或栖或飞。两锦鸡卧于湖石之上，翎毛轻舒，长可拖地，并用工笔绘出，设色艳丽，呈现华美之姿，与翠竹湖石相映成趣。画面上底部湖石沉雄冷峻，极富沉稳之感。上部用秀竹填补空间，疏而不露，苍远中透出清雅之气。

山鸡

许浑

珍禽暂不扃①，飞舞跃前庭。
翠网摧金距②，雕笼减绣翎③。
月圆疑望镜，花暖似依屏④。
何必旧巢去，山山芳草青。

【难点疏通】

①扃（jiōng）：从门外关闭门户用的门闩、门环等。这里引申为关闭。 ②翠网：绿色的罗网。金距：装在斗鸡距上的金属假距。 ③雕笼：雕有图案的鸟笼。绣翎：美丽的羽毛。 ④屏：屏风。

【诗义解说】

珍贵的禽鸟暂时没有被关起来，又飞又舞跳跃在庭前的院中。绿色的网罗摧毁了金属制的假距，漂亮的笼子减损了美丽的长翎。月亮圆了怀疑是一块明镜，春光融融花儿盛开像依靠在屏风。何必一定要回到旧的巢里，哪一座山上都有芳草青青。

清·华嵒《锦鸡竹菊图》

水边平坡上，翠竹挺拔，菊花娇艳。水边一只秀丽的翘尾挺胸的锦鸡正在引吭高歌，丰姿绰约，色彩艳丽，成为关注的焦点。这幅图兼工带写，工笔细致入微，写意则挥洒自如，皴染豪放，令人耳目一新。

赋得鸡① 李商隐

稻粱犹足活诸雏②，
妒敌专场好自娱③。
可要五更惊晓梦④，
不辞风雪为阳乌⑤。

【难点疏通】

①《战国策·秦策》："诸侯不可一，犹连鸡不能俱止于栖亦明矣。"用缚在一起的鸡喻互相牵制不能一致的诸侯割据势力。此诗用这一典故，借鸡来揭露当时的藩镇割据。 ②稻粱：鸡的饲料。 ③"妒敌"句：写斗鸡彼此妒视，都想压倒对方，独占全场。专场，在一定场所没有对手。 ④可要：岂要，岂愿。 ⑤阳乌：古代传说太阳里有三足乌。这里指代太阳。

【诗义解说】

有足够的饮食可以养活自己的小雏，可它们还是互不相容以独霸全场为乐。谁愿意在五更天就惊扰自己的酣梦，不辞风雪报晓以迎接太阳的升起。

清·朱耷《山花水鸟图》（之一）

画中小鸡雏俯身仰目，似在思考着什么问题，凝神之态耐人寻味。小鸡只有嘴、目用细笔勾画，其余都用浓墨皴染、点画，形神毕肖。此图在布局上也独辟蹊径，画面大片留白，中间小鸡体态娇小，衬托其凝神思索之态，堪称妙绝。

咏山鸡

温庭筠

万壑动晴景①，山禽凌翠微②。
绣翎翻草去，红觜啄花归。
巢暖碧云色，影孤清镜辉③。
不知春树伴，何处又分飞。

【难点疏通】

①动：不知不觉中。 ②翠微：形容山光水色青翠缥缈。 ③清镜：天空清澄如镜。

【诗义解说】

千山万壑在不知不觉中呈现出晴明的景色，山中的禽鸟在翠绿的山峦上凌空而飞。一身美丽的羽毛从野草上翻飞而去，红红的嘴巴又叼着野花飞回。鸟巢暖暖天空清澈如碧，孤单的身影在明镜般的空中闪着光辉。不知道把春天的树木当成伴侣，不知又往什么地方远走高飞。

南宋·佚名《锦雉竹雀图》

图上湖边大石兀立，两锦鸡栖于石上，反向而卧，皆作闭目养神状。旁边秀竹枝繁叶茂，枯枝荆棘与之相伴，相映成趣。枯枝上双雀相向伫立，上方一只仰头远望，下方一只则仰望同伴，脉脉深情。两鸟用笔不多，却形神兼备，树下雉鸡用工笔细细描绘，华丽之态跃然纸上。竹用双勾填色，枯枝、荆棘用墨笔直接绘出，突显苍凉之气。

倦寝听晨鸡

赵嘏

去去边城骑①，愁眠掩夜闺②。
披衣窥落月，拭泪待鸣鸡。
不愤连年别③，那看长夜啼④。
功成应自恨，早晚发辽西⑤。

【难点疏通】

①去去：越走越远。 ②闺：闺房。 ③不愤：感到十分不满。 ④那看：哪里忍受得了。 ⑤早晚：不久的将来。辽西：郡名，在今辽宁省义县王民屯，诗中男主人公的戍守之地。

【诗义解说】

骑着马去边城越走越远，忧愁的情绪充斥在夜晚的深闺之中。披着衣服来到窗前看着快要落山的月亮，擦一把眼泪等待着鸡的啼鸣。让人不满的是一年连着一年的分别，哪里忍受得了长长的夜晚叫个不停。即使是功名成就自己也应感到悔恨，不久的将来就要从辽西回到家中。

清·任颐《豆架双鸡图轴》

图中竹架之上豆蔓攀援，叶子疏密错落有致，两只鸡在架下悠然自得，像在觅食的样子，又好像在休息。它们的脚下草意朦胧，犹如地毯。作者将精细的笔墨，明艳的色泽表现于画面之上，生活气息浓厚，一股农家乐趣油然而生。

鹰

见薛大臂鹰作[1] 高适

寒楚十二月[2]，
苍鹰八九毛[3]。
寄言燕雀莫相啅[4]，
自有云霄万里高。

【难点疏通】

①此诗一谓李白作。②寒楚：李白集作“寒冬”。③八九毛：指羽毛受到摧残而不能奋飞。④啅（zhào）：众口纷杂。这里有嘲笑轻视的意思。

【诗义解说】

已经到了寒冬的第十二月，苍鹰身上的羽毛大多受到摧残。告诉那些燕雀不要嘲笑，它自有高飞万里长空的那一天。

元·张舜咨《鹰桧图》

张舜咨，字师夔，钱塘（今浙江杭州）人。山水、花鸟俱佳。此图上一桧树用水墨写意而成，枝干盘曲如龙飞，苍劲有力，针叶由笔墨点簇而成，尽含清润之气。山石陡立，墨彩渲染出坚实硬朗之感。黄鹰工整细致，刻画精微，神形毕肖，凛然威猛。二者一工一写，互为辅衬，相映生辉。整个作品虚实相合，大气纵宕之中含清丽雅韵。构图左密右疏，为雄鹰的蓄势待发留下充足的空间。

画鹰

杜甫

素练风霜起①，苍鹰画作殊②。
竦身思狡兔③，侧目似愁胡④。
绦镟光堪摘⑤，轩楹势可呼⑥。
何当击凡鸟⑦，毛血洒平芜⑧。

【难点疏通】

①素练：画画用的白绢。风霜起：指画上的鹰挟风霜而起。 ②殊：特异不凡。 ③竦身：纵身向上。 ④愁胡：因胡人眼目很深，状态似悲愁，多用来形容鹰的眼睛。 ⑤绦镟：系鸟的绳和环。光：指画上的绳和环光彩逼真。堪摘：可以解去。 ⑥轩楹：堂前的廊柱，指画中的背景。势可呼：所画之鹰在廊柱之间，似可呼出行猎。 ⑦何当：何时才能。凡鸟：普通的鸟。 ⑧毛血：动物的毛与血。平芜：荒草平原。

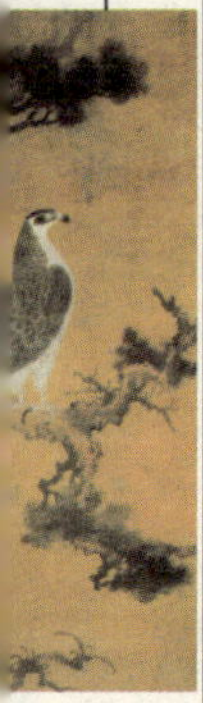

【诗义解说】

在白绢上挟着风霜腾空而起，画面上有一只特异不凡的苍鹰。纵身欲飞想要捕捉狡猾的野兔，侧着的瞳仁就像胡人悲愁的眼睛。画上系鹰的绳与环十分逼真甚至都可以摘去，鹰在廊柱之间几乎可以呼唤着打猎出行。什么时候才能攻击那些普普通通的鸟，让它们的毛和血都洒在平原草丛。

清·马元驭《鹰栗图》

马元驭，字扶曦，江苏常熟人，擅长花鸟画，多为水墨。此画写秋日栗树叶片凋落，一只雄鹰立于干枯的树枝之上，爪似钩般抓住树干，身挺起，头侧偏，双目圆睁，嘴如钢钩，威猛异常。树下绿竹已带上秋天的枯黄之色，叶落果出，团簇于枝头之上。树干用简练的笔法写出，竹叶以淡墨双勾，设色简洁。栗果用细毫将表皮刺毛绘出，工整细致，写实逼真。鹰以赭石渲染，眼部略点胭脂色，突出其凶猛特性。

咏鹰

高越

雪爪星眸世所稀[1]，
摩天专待振毛衣[2]。
虞人莫谩张罗网[3]，
未肯平原浅草飞。

【难点疏通】

①雪爪：雪白的爪子。星眸：像星星一样明亮的眼睛。 ②摩天：飞得极高。振：抖动。 ③虞人：掌管山泽苑囿的官。谩：胡乱，随便。

【诗义解说】

雪白的爪子明亮的眼睛世间真是少有，飞上高高的天空就等着振动一下羽毛。猎人不要胡乱地张开罗网，因为它从未在平原浅草之上奔跑。

南宋·李迪《枫鹰稚鸡图》

图中山石嶙峋，一株苍劲的枫树枝叶繁茂，树干上一只鹰正俯身盯着地上惊跑的稚鸡，眼睛犀利凶猛，爪子锐利劲健，它跃跃欲飞的样子，稚鸡落荒而逃的样子，营造了一种剑拔弩张的紧张气氛。用笔粗重与工细并用，勾勒娴熟练达，场面宏大，是宋代绘画中难得的精品。

饥鹰词

章孝标

遥想平原兔正肥，
千回砺吻振毛衣①。
纵令啄解丝绦结②，
未得人呼不敢飞。

【难点疏通】

①砺吻：打磨鸟的喙。砺，磨。吻，鸟的喙。 ②纵令：即使让。啄解丝绦结：把拴在鸟喙上的丝绳解开。

【诗义解说】

远远地想到平原上的兔子长得正肥，千百回地磨砺着尖利的嘴巴振动着羽翼。即使把拴在喙上的丝绳解开，没有得到人的呼唤它也不敢飞。

清·郎世宁《嵩献英芝图》

图中虬松劲挺，清泉奔流，山石峭立，松萝、灵芝、绿草点缀其间，一派生机勃勃的景象。在一突兀而立的大石上，一只白鹰凛然站立，侧身远望，双目炯炯有神，眉宇间透出一股威武之气。本图以西洋技法绘出浓郁的堂皇祥和之气。

莺

居延海树闻莺同作[①] 陈子昂

边地无芳树[②]，莺声忽听新。
间关如有意[③]，愁绝若怀人[④]。
明妃失汉宠[⑤]，蔡女没胡尘[⑥]。
坐闻应落泪，况忆故园春[⑦]。

【难点疏通】

①居延海：湖泊名，在今内蒙古自治区阿拉善盟额济纳旗达来呼布镇东北约四十公里的巴丹吉林沙漠北缘。 ②边地：边远地区。芳树：美好的树木。 ③间关：鸟的鸣叫声。④愁绝：极端忧愁。若：像这样。 ⑤明妃：王昭君，湖北秭归人，汉元帝时入宫，匈奴入朝求亲，主动请行。失汉宠：失去了汉朝当政者的宠爱。 ⑥蔡女：蔡琰，字文姬，东汉大学者蔡邕之女。当时中原战乱，为南匈奴所获，归左贤王，生二子，在南匈奴十二年。后曹操以金璧赎回。胡尘：古时指北方匈奴地区。 ⑦况：更加。故园：家乡。

【诗义解说】

边远地区没有秀美的树木，忽然听到莺的叫声让人感到耳目一新。声声鸣叫好像有着某种情意，极端的愁苦似在怀念远方的亲人。王昭君因为失去了汉皇的宠爱才到了北方，蔡文姬由于战乱才流落到塞外荒岭。坐在这里听到莺声不由落下眼泪，使我更加怀念起家乡的春景。

南宋·林椿《梅竹寒禽图》

林椿，钱塘（今浙江杭州）人，擅长花鸟，风格清淡。图中梅干虬曲横斜，花儿正在盛开；翠竹虽然有些纤细却挺劲有力，竹的绿色与梅花之白交相辉映，显得生气勃勃。一只寒莺立在枝头，侧着头在梳理羽毛，用笔工细，笔触柔和，造成一种宁静祥和的气氛。竹则运笔坚挺，勾撇极有力度。梅树也运笔苍劲，与鸟的茸茸质感相映成趣。

听宫莺

王维

春树绕宫墙，宫莺啭曙光①。
忽惊啼暂断，移处弄还长②。
隐叶栖承露③，攀花出未央④。
游人未应返⑤，为此始思乡。

【难点疏通】

①啭：鸟的鸣叫声。 ②弄：同“哢”，鸟叫。 ③承露：汉朝建在建章宫的承露盘，用铜铸造，上有仙人掌承露，相传和玉屑饮之，可以成仙。 ④未央：汉未央宫，故址在今陕西西安市北郊汉长安故城西南隅。这里指唐宫。 ⑤未应返：应为“应未返”，即不曾返。

【诗义解说】

春天的树木环绕在皇宫的墙边，曙光里落在宫内的夜莺歌声欢快悠扬。忽然受到惊吓鸣声暂时中断，转移到别处叫的声音更加绵长。藏在树叶里栖息在承露盘上，攀着花枝又从未央宫凌空飞翔。出外旅游的人还没有回来，见到宫莺才开始思念自己的家乡。

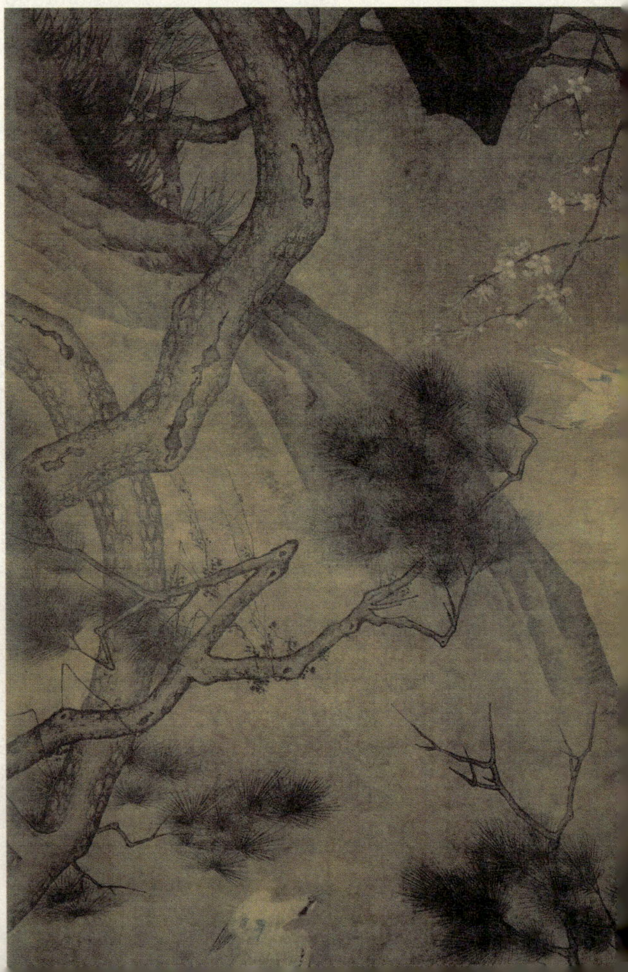

明·佚名《新莺出谷图》

图中山势十分显眼突出，占据了大幅画面。古松如龙盘虎踞，劲健有力，悬崖间点缀着翠竹嫩草。两只夜莺相继从山谷里飞出，边飞边欢快地鸣叫着，读者似乎听到了它们的叫声在山谷里回荡。左下角正在开放的桃花，向人们报告春天已经到来。笔触流畅，刻画细腻，兼工带写。布局新颖，尽显粗犷之气。

咏莺

姚合

春来深谷雪方消，莺别寒林傍翠条。
到处为怜烟景好[1]，隔帘多爱语声娇。
不同蜀魄啼残月[2]，唯逐天鸡转诘朝[3]。
少妇听时思旧曲，玉楼从此动云韶[4]。

【难点疏通】

①怜：爱。 ②蜀魄：指杜鹃鸟。相传蜀主杜宇，名望帝，死后化为杜鹃，昼夜悲鸣，蜀人听到后说："我望帝魂也。" ③天鸡：神话中天庭上的鸡。传说东南有桃都山，上有桃都树，枝伸出有三千里，上有天鸡。太阳出来，照在此树上，天鸡开始叫，天下鸡则都跟着叫。转：通"啭"，鸟叫。诘朝：早晨。 ④玉楼：装饰华丽的楼阁。云韶：黄帝时《云门》乐和舜帝《大韶》乐的并称。后泛指宫廷音乐。

【诗义解说】

春天到来深谷里的积雪刚刚融化，莺鸟离开寒冷的树林落在翠绿的枝条。到处飞翔为的是喜爱春天景色的美好，隔着帘子我们都喜爱语声多娇。跟杜鹃鸟不同的是它不在残夜里啼叫，只是跟随着天鸡鸣啭多在清早。少妇听到它的叫声便想旧时的歌曲，华丽的楼阁从此响起优美的音乐《云门》和《大韶》。

明·王维烈《菱塘哺雏图》

王维烈，生卒年不详，江苏苏州人，曾师事著名画家周之冕。此图河岸边嶙峋的山石上伸出一枝折断的竹干，树干上缠绕着牵牛花，垂垂而下。上有一黄莺鸟巢，巢中有三只鸟雏，看着妈妈回来，纷纷伸出小嘴，争抢着等着喂食。山下水中菱花正在盛开，另一只黄莺正在捕捉蜻蜓，大概也是在给鸟雏觅食。画面极有生活气息，花竹都用双钩填彩，细致工整，意趣盎然。

黄莺

郑谷

春云薄薄日辉辉，
宫树烟深隔水飞①。
应为能歌系仙籍②，
麻姑乞与女真衣③。

【难点疏通】

①宫树：长在皇宫里的树。烟深：被浓浓的烟气笼罩。 ②能歌：歌声唱得好听。系：放在。仙籍：神仙的簿籍。 ③麻姑：中国道教传说中的女仙。女真：女道士。

【诗义解说】

春天云彩薄薄阳光普照，皇宫里的树被浓浓烟气笼罩，黄莺在隔着河水飞翔。像它这样叫得好听应该放在仙人的册子里，麻姑还曾向它乞求女道士的衣裳。

宋·佚名《梅竹雀图》

图中梅竹相依，由左上向下斜势而出，枝头黄莺宛然欲起，饶有生趣。构图之精巧，线条勾勒之细腻，设色之清疏淡雅，实为画中之精品。

鸭

还京赠别

卢照邻

风月清江夜，山水白云朝。
万里同为客①，三秋契不凋②。
戏凫分断岸③，归骑别高标④。
一去仙桥道⑤，还望锦城遥⑥。

【难点疏通】

①同为客：共同在外做客。 ②三秋：指秋季。七月称孟秋、八月称仲秋、九月称季秋，合称三秋。契不凋：意谓朋友之情亲密不衰。契，盟约，相约。 ③戏凫：戏耍的野鸭。凫，野鸭。断岸：江边绝壁。 ④高标：指蜀中高山。 ⑤仙桥道：指蜀道。仙桥，即升仙桥，在今四川成都北。 ⑥锦城：即锦官城，故址在今成都南，后成为成都的别称。

【诗义解说】

风儿吹月儿高江水清清的夜晚，山水之间白云缭绕天已破晓。离家万里同为他乡之客，但友情即使在深秋季节也相约不凋。戏耍的野鸭在江边绝壁下分开，归去的马蹄已与蜀地的高山告别。一走上升仙桥上的道路，再回头看看锦城已经远了。

南宋·佚名《双凫图》

池塘岸边，拳石点点，野草随风飘逸，浮萍在水中荡漾。平坡上有两只野鸭，一昂首远眺，一俯首觅食，均以工笔描绘，形象写实，栩栩如生。草用没骨法绘出，水边以点苔方式画出浮萍，突显柔和风致。画面上左密右疏，而鸭望向疏处，把观者目光带向辽远的空间，于柔婉祥和中又增添苍茫之气，使人有身临其境之感。

白凫行

杜甫

君不见黄鹄高于五尺童①，
化为白凫似老翁。
故畦遗穗已荡尽②，
天寒岁暮波涛中。
鳞介腥膻素不食③，
终日忍饥西复东。
鲁门鶢鶋亦蹭蹬④，
闻道如今犹避风⑤。

【难点疏通】

①黄鹄：鸟名。一名黄鹤。 ②畦：有土埂围着的一块块排列整齐的田地。 ③鳞介：鱼虾之类水生动物。 ④鲁门鶢鶋（yuán jū）：据《国语》记载，曾有鶢鶋落在鲁国东门三天，是因避海上风灾而来。鶢鶋，一种似凤的海鸟，善避风。蹭蹬：失势，倒运。 ⑤闻道：听说。

【诗义解说】

您没看见黄鹄比五尺高的孩子还要高，而今则变成了白色的野鸭像个老翁。旧有的田地里被丢弃的粮食已经荡然无存，天气寒冷又到年底时候却仍在波涛之中。小鱼小虾又腥又膻它从来不吃，所以整日忍饥挨饿飞来飞去西走东奔。鲁国东门的鶢鶋也生活得不顺，听说它东藏西躲是为避海上大风。

元·陈琳《溪凫图》

陈琳，生卒年不详，字仲美，钱塘（今浙江杭州）人，山水、人物、花鸟皆精。此图画一野鸭立于水边，视点极近，类似特写。右上角倒垂芙蓉一枝，长有花蕾。岸上车前草一株，杂草两叶。从画中的风景可以断定，此时已是深秋季节。图中野鸭多用细笔勾描，造型准确，画风工丽。河水用粗笔随意写画，笔法潇洒。全图以水墨为主，略施淡彩，用笔苍逸粗简。

池上双凫二首之一

关融

碧池悠漾小凫雏[1]，两两依依只自娱。
钓艇忽移还散去[2]，寒鸱有意即相呼[3]。
可怜翡翠归云髻[4]，莫羡鸳鸯入画图。
幸是羽毛无取处[5]，一生安稳老菰蒲[6]。

【难点疏通】

①悠漾：碧波荡漾。凫：野鸭。 ②钓艇：钓鱼的小船。 ③鸱（chī）：猫头鹰一类的鸟。 ④云髻：高耸的发髻。 ⑤幸是：幸亏是。 ⑥菰蒲：两种水生植物。菰，多年生草本植物，嫩茎的基部叫茭白，可做蔬菜。蒲，多年生草本植物，又称水腊烛、水烛、香蒲，是广泛使用的工艺品编织加工材料，也是一种野生蔬菜，蒲根和草芽可以食用，清爽可口。

【诗义解说】

碧波荡漾的池塘里有两只可爱的小野鸭，你挨着我，我靠着你在水面上自乐自娱。钓鱼的小船突然移过来它们纷纷散去，寒风中的猫头鹰把它们呼叫似有情意。可怜那翡翠的羽毛插在了贵妇人的头发上，不要羡慕鸳鸯被人们画进了画图。庆幸的是野鸭的羽毛没有什么可取之处，所以它安安稳稳地了此一生在水草里。

南宋·马远《梅石溪凫图》

马远（？～约1225），浙江杭州人，字遥父，号钦山，工画山水、楼阁、人物、花鸟。画多取一角、半边，人称“马一角”，与李唐、刘松年、夏圭并称南宋四大家。此图只选取岩石的一角，春水的一湾。石壁上梅树的根盘根错节，枝头繁花凌空映水而发，清艳超凡。山崖下的溪水碧波涟涟，一群野鸭正在互相追逐嬉戏，左右相呼，顾盼有情。画面生机蓬勃，春意盎然。构图简洁巧妙，布景疏阔，风格清新潇洒。

池上双凫二首之二

吴融

双凫狎得傍池台[1]，戏藻衔蒲远又回。
敢为稻粱凌险去[2]，幸无鹰隼触波来[3]。
万丝春雨眠时乱，一片浓萍浴处开。
不在笼栏夜仍好，月汀星沼剩裴回[4]。

【难点疏通】

①狎：玩耍。 ②凌：冒。 ③隼（sǔn）：一种猛禽，常袭击其他鸟类。 ④月汀：月亮下的沙洲。星沼：星光下的沼泽。裴回：徘徊。

【诗义解说】

一对野鸭在池塘边尽情地玩耍，一会儿在水藻旁游戏一会儿衔着蒲草游远了又游回。敢于为了食物冒险而去，侥幸的是没有鹰隼等猛禽踏着波浪而来。丝丝春雨从天而降搅乱了它们的睡眠，密密的浮萍因野鸭游浴而散开。不在笼子围栏里夜色很美，在月亮下的沙洲星光下的沼泽自由自在。

明·吕纪《雪柳双凫图》

吕纪（1477～？），字廷振，号乐愚，浙江宁波人，擅长画花鸟，用笔劲健洒脱。图上春寒料峭，两只野鸭蜷伏在河边，好像在观望河水的冷暖。一株柳树有些萧瑟，树桠上略带点点白雪，低低下垂。还有一株盛开的梅花，梅枝上有数只小鸟栖立在上面，扬头远望。全图用笔传神，用墨丰泽。

野鸭

齐己

野鸭殊家鸭[①]，离群忽远飞。
长生缘甚瘦[②]，近死为伤肥[③]。
江海游空阔，池塘啄细微[④]。
红兰白萍渚[⑤]，春暖刷毛衣。

【难点疏通】

①殊：不同。 ②长生：生命长。缘：因为。 ③“近死”句：因为长得肥才会被人或其他动物捕捉。 ④细微：微小之物，如小鱼小虾之类。 ⑤白萍：水中浮草。渚：水中小块陆地。

【诗义解说】

野鸭和家鸭完全不一样，离开群体忽然远远飞去。活的时间长是因为长得太瘦，接近死时因为长得太肥。江河大海十分广阔可供它尽情遨游，落到池塘寻找些微小的食物。长满红色兰花白色浮萍的水中陆地，在春暖花开之际正在刷洗它的羽毛。

南宋·佚名《溪芦野鸭图》

一条小溪，岸边生长着一丛茂盛的芦苇，芦苇下有一只野鸭单腿而立，面向远方，似在轻轻地呼叫。另一只浮在水上，回首正用喙梳理羽毛。用笔工细而柔，构图疏密得当，很有层次感，是南宋院体画的经典之作。

花鸭

杜甫

花鸭无泥滓①，阶前每缓行。
羽毛知独立②，黑白太分明。
不觉群心妒③，休牵众眼惊④。
稻粱沾汝在⑤，作意莫先鸣⑥。

【难点疏通】

①泥滓：污泥。 ②“羽毛”句：化用祢衡《鹦鹉赋》：“虽同族于羽毛，固殊智而异心。”是说虽然羽毛相同，但能卓立于群中。 ③群心妒：大家都来嫉妒。 ④休牵：不要牵动。众眼惊：因黑白分明，大家都感到吃惊。 ⑤沾：受益、沾光。在：时。 ⑥作意：有意。莫：不。

【诗义解说】

花鸭子身上没有一点儿污泥，每当走到台阶前都在慢步缓行。羽毛虽然相同但性格却与众相异，因为它身上黑白两种颜色过于分明。不知道大家都在嫉妒它，也不因牵扯大家的目光而感到吃惊。当把稻粱多分给你的时候，不要在大家面前发出得意之声。

清·任熊《柳鸭图》

任熊（1823～1857），字渭长，浙江萧山人，花鸟鱼虫、人物走兽俱佳，尤工神仙佛道。此图描绘在随风飘拂而潇洒清丽的柳树下，一对野鸭嬉戏玩乐的情景。画面右上角如穗状的红花似乎吸引了其中一只野鸭的注意力，它尽力扭头上望的神态很是专注可爱。另一只低头沉思，似乎在追忆某些动人的记忆，姿态生动。柳树垂条用水墨撇写，浓淡有致。画面意境深远，悠然淡雅。

野鸭 李群玉

鸂鶒借毛衣[1]，
喧呼鹰隼稀[2]。
云披菱藻地[3]，
任汝作群飞[4]。

【难点疏通】

①鸂鶒（xī chì）：水鸟名，体形比鸳鸯大，多紫色，好成双成对出游，俗称紫鸳鸯。 ②隼：鸟名。是一种猛禽，善于袭击其他鸟类。 ③云披：云彩接近。 ④任：任凭。

【诗义解说】

从鸂鶒身上借来美丽的羽毛，吵吵闹闹鹰隼一类猛禽都不肯接近。云彩靠近了菱角水藻生长的地方，任凭你们成群结队地飞行。

明·吕纪《浴凫》

图中崖壁高耸，临江而立，上面长满了野花丛草，一只喜鹊站在石上，低头想要饮水。江中有两只野鸭在悠闲地游来游去，大有“春江水暖鸭先知”的味道。图用勾染皴法绘出山石，花草用没骨法绘出，笔墨淋漓，飘逸畅然。野鸭、喜鹊用墨笔描绘，兼用渲染，工整细腻。整幅画面清新秀雅。

鸲鹆

山鸲鹆歌①

刘长卿

山鸲鹆，长在此山吟古木②。
嘲哳相呼响空谷③，哀鸣万变如成曲。
江南逐臣悲放逐④，倚树听之心断续。
巴人峡里自闻猿⑤，燕客水头空击筑⑥。
山鸲鹆，一生不及双黄鹄⑦，
朝去秋田啄残粟，暮入寒林啸群族。
鸣相逐，啄残粟，食不足。
青云杳杳无力飞，白露苍苍抱枝宿。
不知何事守空山，万壑千峰自愁独。

南宋·佚名《秋树鸲鹆图》

图中绘一鸲鹆站在枯枝之上，回头向远方看去，表情有些呆滞，让人感到一种深秋的寒冷。羽毛用浓墨渲染，边缘用细笔丝出，形神毕肖，极具典雅之气，是宋代花鸟画的珍品。

【难点疏通】

①鸲鹆：俗称八哥。 ②吟：鸣叫。 ③嘲哳：嘈杂声。 ④江南逐臣：被流放到江南的臣子。 ⑤“巴人”句：据郦道元《水经注·江水》：“巴东三峡巫峡长，猿啼三声沾衣裳。” ⑥“燕客”句：据《史记·荆轲传》，燕太子丹和宾客都穿着白衣，到易水边为入秦刺秦王的荆轲送行，高渐离击筑，荆轲和而歌之。筑，古代的一种乐器。 ⑦双黄鹄：曹丕《见挽船士与妻别作》：“愿为双黄鹄，比翼戏清池。”

【诗义解说】

生活在山中的鸲鹆，总是鸣叫在深山古木。相互呼叫的声音响在空谷，一遍又一遍悲哀的叫声变成长歌一曲。被流放到江南的臣子为放逐而悲伤，靠在树上听着它们的悲鸣断断续续。在长江三峡里独自听着猿的啼叫，易水边送行的客人在那里徒然击筑。生活在山里的鸲鹆，一生都比不上成双成对的黄鹄。早晨到秋天的田地里吃剩下的粮食，晚上到寒冷的树林中把同类相呼。鸲鹆们相互叫着你追我赶，吃着剩下的粮食，仍然是食不裹腹。高高的青天没有力量飞上去，白露落下时抱在枝头休息。不知为什么守在这空空的深山，在万壑千峰中独自愁苦。

宝观主白鸲鹆歌

韦应物

鸲鹆鸲鹆，众皆如漆，尔独如玉。鸲之鹆之[1]，
众皆蓬蒿下，尔自三山来[2]。三山处子下人间[3]，
绰约不妆冰雪颜[4]。仙鸟随飞来掌上。来掌上，时拂拭。
人心鸟意自无猜，玉指霜毛本同色。有时一去凌苍苍[5]，
朝游汗漫暮玉堂[6]。巫峡雨中飞暂湿，杏花林里过来香。
日夕依仁全羽翼[7]，空欲衔环非报德[8]。
岂不及阿母之家青鸟儿[9]，汉宫来往传消息[10]。

【难点疏通】

①鸲之鹆之：《左传》昭公二十五年引童谣："鸲之鹆之，公出辱之。" ②三山：指海外三仙山蓬莱、方丈、瀛洲。③处子：《庄子·逍遥游》："藐姑射之山，有神人居焉，肌肤若冰雪，绰约如处子。" ④绰约：柔婉美好。 ⑤凌：升。苍苍：天空。 ⑥汗漫：广大无边。玉堂：华贵的厅堂。 ⑦日夕：早晚。依仁：《论语·述而》："志于道，据于德，依于仁，游于艺。"指用仁的标准约束自己。 ⑧"空欲"句：据《隋唐嘉话》，唐高宗时秘书监崔行功未得五品前，忽然有鸲鹆衔一鱼袋放在他的桌子上飞走，不久便被加封为大夫。衔环，东汉杨宝九岁时，从鸱枭口中救下一只黄雀，将其养好伤后放归。夜一黄衣童子来，自称是西王母使者，送白玉环四枚而去。 ⑨阿母：指西王母。青鸟：西王母的使者三青鸟。 ⑩"汉宫"句：三青鸟常来汉宫给汉武帝传递消息。

【诗义解说】

鸲鹆鸲鹆，其他众鸟都是一身漆黑，只有你洁白如玉。鸲鹆啊鸲鹆，其他的同类都在蓬蒿野草之下，只有你则是来自三仙山里。你是那三山的处子下凡到了人间，柔婉美好不用妆扮就跟冰雪一样美丽。仙山上的神鸟飞落在手掌之上，落到掌上，经常得到抚摸。人心和鸟意两下无猜，玉一样的手指霜一样的毛色本来彼此。有时候一飞就到了高高的天空，早晨到广阔的天空漫游晚上又回到白玉般的住处。从巫峡的雨中飞来身上暂被打湿，从杏花林里飞过身上还带着一股香气。从早到晚依于仁德保住自己的羽毛，平空衔来玉环不是为了报答恩德。哪里比不上西王母家中的那三只青鸟，不断往来汉宫传递消息。

明·唐寅《古槎鸲鹆图》

图中一枝枯树劲挺多姿，树的顶端伸出一条长长的枝条，好像还在微微颤动。树干上有藤条盘绕，旁边还有新竹丛生。树干上端站着一只鸲鹆，正昂头鸣叫。鸲鹆全用浓淡不同的墨色绘出，十分生动。全图秀逸舒爽，虽云枯槎，但生机毕现。

孔雀

孔雀

薛能

偶有功名正俗才①，灵禽何事降瑶台②。
天仙黼黻毛应是③，宫后屏帏尾忽开④。
曾处嶂中真雾隐⑤，每过庭下似春来。
佳人为我和衫拍，遣作傞傞送一杯⑥。

【难点疏通】

①俗才：庸俗无能之才。 ②灵禽：指孔雀。瑶台：美玉砌成的楼台。泛指华丽的楼阁。 ③黼黻（fǔ fú）：礼服上绣的华美图案。 ④屏帏：屏风和帷帐。 ⑤嶂：高耸的山峰。雾隐：据汉刘向《列女传·陶答子妻》，南山有玄豹，大雾连雨七天不下山觅食，为的是使它的毛更润泽美丽。 ⑥遣：让。傞傞（suō suō）：醉舞失态的样子。

【诗义解说】

偶然有了功名使我这个俗才获得了官职，具有灵性的禽鸟因为什么降落在瑶台。天仙一样华丽的图案就是孔雀的羽毛，皇宫后的屏风帷帐就是孔雀的尾巴展开。它曾在深山里面为的是润泽自己的羽毛，每当从庭前走过就好像春天到来。佳人为我舞动衣衫打起节拍，给我这个醉舞之人又送上了美酒一杯。

南宋·佚名《红梅孔雀图》

河边有一棵苍郁的翠柏和一株老干纵横的红梅，花叶交参，相映成辉。秀竹野花丛草缀于其间，一只雄孔雀立于树上，羽毛丰美，并像瀑布一样拖于地上。雌孔雀在树下觅食。树上还有四只小鸟在树枝之间或栖或卧，顾盼生姿。画面富丽堂皇之中又有一种清雅淡泊的意味。用笔疏散通脱，运笔细劲而工整，设色明艳古朴，层次分明，有逸趣横生之妙。

孔雀

李郢

越鸟青春好颜色①，晴轩入户看呫衣②。
一身金翠画不得③，万里山川来者稀。
丝竹惯听时独舞④，楼台初上欲孤飞。
刺桐花谢芳草歇⑤，南国同巢应望归。

【难点疏通】

①越鸟：南方的鸟。因孔雀产于南方，故云。②轩：窗。呫（tiè）衣：轻轻舔羽毛。 ③金翠：指孔雀鲜亮的羽毛。 ④丝竹：音乐。 ⑤刺桐：树名，落叶乔木，花和叶可供观赏，因枝干间有圆锥形棘刺，故名。原产印度、马来西亚等地，我国广东一带亦多栽培。歇：凋零。

【诗义解说】

孔雀正值青春靓丽颜色十分美好，在晴朗的天气里走进屋内看着它轻轻地舔着羽毛。一身美丽的羽毛实在难以描绘，从万里山川来到人间十分稀少。听惯了音乐经常自己翩翩起舞，刚刚登上楼台又想使自己飞得很高。刺桐的花已经凋谢芳草已经飘零，南方的同伴们一定在盼望你归去相聚一遭。

明·陈嘉选《玉堂富贵图》

陈嘉选，嘉定（今属上海）人，书法、绘画俱佳。此图富丽华贵，色彩缤纷，是师法两宋院体画派的典型代表。图中绘有各色禽鸟近二十余种，嬉戏、游闹于繁茂的玉兰树及牡丹花丛中，极尽吉祥富贵之画意，一派祥和富丽景象。玉兰冰清，牡丹富贵，湖石玲珑，湖水荡漾，而孔雀则占据了显著位置。用笔工整细致，兼用工笔双勾填彩及没骨画法，重彩渲染，浓艳高雅。

黄鸟

遇刘五　李颀

洛阳一别梨花新①，
黄鸟飞飞逢故人②。
携手当年共为乐③，
无惊蕙草惜残春④。

【难点疏通】

①梨花新：梨花刚开。　②飞飞：飞来飞去。故人：老朋友。　③共为乐：共同渡过一段快乐时光。　④蕙草：一种香草。

【诗义解说】

从前在洛阳分手的时候正是梨花刚开，而今黄鸟飞来时又遇到故人。手拉着手回想起当年在一起的快乐好时光，不要惊动正在生长的蕙草，爱惜这就要过去的大好春景。

南宋·佚名《榴枝黄鸟图》

一只黄鸟嘴叼小虫立于榴枝之上，它并不急于把小虫吞下，而是任其在嘴间盘绕。鸟的眼睛正看着虫子的挣扎。石榴已经裂开，甘甜的汁液就要滴出，叶子快要败落，有的已经泛黄。鸟的羽毛用淡黄色晕染，再用短而细的线条勾描，有毛茸茸的质感，翅膀和尾部掺用黑色，十分显眼。

燕

赋得檐燕　　皇甫冉

拂水竞何忙①，傍檐如有意。
翻风去每远②，带雨归偏驶③。
令君裁杏梁④，更欲年年去。

【难点疏通】

①竞：究竟。　②翻风：在风中翻飞。每：常常。　③驶：迅速。　④裁：选取。杏梁：用文杏木做的房梁，用以表示屋宇的高贵。

【诗义解说】

轻拂水面你忙的是什么，贴近我家的房檐好像有情有意。在风中上下翻飞常常会走得很远，下雨的时候又非常迅速地飞回。让你选择高贵的亭台楼阁居住，可你还是年年都想离开那里。

南宋·佚名《荷塘飞燕图》

根据画面水草荷叶的动向，人们似乎能够感受得到有一股微风由左向右习习吹来。荷花刚刚绽开花蕾，浮萍在水中游移不定，一群燕子在空中上下翻飞，翠鸟在凌空翱翔。画的左面有一片云朵样的莲叶托起一株含苞的荷花。作者用颜色拉开了远近的距离，使整幅画面浑然一体。

燕

李中

豪家五色泥香①，
衔得营巢太忙。
喧觉佳人昼梦②，
双双犹在雕梁。

【难点疏通】

①豪家：大户人家。五色泥：古代帝王铺填社坛用的五种不同颜色的土。分封诸侯时，王者按封地所在方位取坛上一色土授之，供在封国内立社之用。这里指“豪家”的特殊地位。　②喧：燕子的吵闹声很大。觉：醒来。

【诗义解说】

大户人家的五色泥土十分芬芳，燕子为了营巢飞来飞去不停地奔忙。吵醒了佳人白天的美梦，起来一看燕子双双还在雕梁之上。

清·郎世宁《仙萼长春图》

画上桃枝占据了整个画面，枝干苍劲，桃花有的已经盛开，有的含苞待放。枝上落着两只春燕，相依相偎，十分亲热。图中桃花采用我国传统绘画中的折枝画法，而两只春燕采取的则是写实手法，使得燕子十分妩媚矫健，格外生动。

双燕

杜甫

旅食惊双燕①，衔泥入此堂。
应同避燥湿②，且复过炎凉③。
养子风尘际④，来时道路长。
今秋天地在，吾亦离殊方⑤。

【难点疏通】

①旅食：客居在外的饮食。 ②避燥湿：燕巢不筑在露天处，为的是避开炎热和潮湿。 ③过炎凉：指从夏至秋。 ④风尘：战乱。 ⑤殊方：边远的地方。

【诗义解说】

旅食在外感到吃惊的是一对燕子，它们衔着泥土筑巢在这座厅堂。应该跟我一样躲避着炎热和潮湿，也一样度过了炎热的夏天和秋季。养育孩子在这战乱之际，来的时候道路十分漫长。今年秋天的天地还是那个样子，可我却要离开此地到那更遥远的地方。

清 · 华嵒《花鸟图册》

一柳枝从上飘然而下，婀娜多姿，上有零星的叶子，告诉人们春季刚刚到来。一只燕子落在枝上，由于柳枝太细，我们似乎能够感到它在轻轻摇动。另一只燕子在凌空飞行，边飞边叫，显得轻盈灵动，一股春之气息扑面而来。全图用笔简括，却意趣无限。

燕子来舟中作

杜甫

湖南为客动经春[1]，燕子衔泥两度新[2]。
旧入故园常识主，如今社日远看人[3]。
可怜处处巢君室[4]，何异飘飘托此身[5]。
暂语船樯还起去[6]，穿花落水益沾巾。

【难点疏通】

①动：不知不觉间。经春：又过了一春。 ②两度：两年。大历四年（769）杜甫从岳阳至潭州（长沙），大历五年仍在潭州，前后两年。 ③社日：古代祭祀土地神的日子，一般在立春、立秋后第五日。 ④君室：一作“居室”。 ⑤何异：以反问句表示与某事某物没有两样。 ⑥船樯：船上的桅杆。

【诗义解说】

客居湖南又过了一春，燕子衔泥筑巢已经两次来临。回到旧日的家园时常能够认出自己的主人，如今到了社日却远远地看着人。可爱的是在我的居室处处筑起巢穴，与我飘泊不定有什么不同。暂时告诉船上的帆我要离去，穿过花丛贴着水面打湿了我的手帕。

清·王礼《花鸟图册》

图中盛开的桃花压弯了枝头，一对燕子受桃花的吸引，围绕着花朵在蹁跹起舞，让人感到好像闻到了花的芬芳，听到了燕子的呢喃。此图用没骨法，桃干绘得虬曲而劲挺，鲜花娇艳欲滴，燕子形象逼真，桃花自上而下伸展，似将春光撒向人间，双燕上下引吭高歌，大有报春之意。

赋得巢燕送客　钱起

能栖杏梁际①，不与黄雀群②。
夜影寄红烛③，朝飞高碧云。
含情别故侣，花月惜春分④。

【难点疏通】

①杏梁：用文杏木做的房梁，形容屋宇高贵。②黄雀：鸟名，鸣声清脆，常被饲养为观赏鸟。③寄：寄托。④春分：此一语双关，一是指二十四节气之一的春分，在三月二十日或二十一日；二是指与朋友在春季分手。

【诗义解说】

能够栖息在杏梁之上，不与黄雀为群。夜晚把自己的影子寄托给了红烛，清晨高飞在万里晴空。饱含深情告别了老朋友，花前月下依依惜别的是在这融融的春分。

清·任颐《花鸟图轴》

图中劲挺的树干撑开画面，枝头海棠争奇斗艳，下方虬枝横斜，红花绿丛中四只燕子整齐地立于枝头，正引吭高歌，其态憨然，一派生机。树干下抵岩石，厚重的岩石避免了头重脚轻。树干用豪放之笔，花鸟则细腻有加，设色清新明艳，兼工带写，别开生面。

村舍燕

杜牧

汉宫一百四十五①，
多下珠帘闭琐窗②。
何处营巢夏将半，
茅檐烟里语双双。

【难点疏通】

①“汉宫”句：据张衡《西京赋》：“郡国宫馆百四十五。” ②珠帘：饰有珍珠的门帘。琐窗：镂刻有连琐图案的窗棂。

【诗义解说】

汉朝的宫殿有一百四十五间那么多，许多饰有珍珠的门帘都放下来关闭着琐窗。现在夏天已经快过去一半，两只燕子在茅檐下的烟雾里细细商量。

清·华嵒《柳燕黑鸽图》

垂柳轻舒长枝，碧桃吐露芳香，飞燕翩翩起舞，在追逐着花瓣嬉戏。还有两只黑鸽在枝头上，或静静地向下俯视，或抖翅侧挂，似在疑问，这些燕子在干什么？动作表情传神入化。此图用笔细劲而飘逸，动态刻画逼真，并细致入微，设色清爽，鲜花柳叶用淡红、汁绿点染，脆嫩欲滴。

黄鹂

绝句

杜甫

两个黄鹂鸣翠柳①，
一行白鹭上青天。
窗含西岭千秋雪②，
门泊东吴万里船③。

【难点疏通】

①黄鹂：鸟名，身体黄色，局部间有黑色，嘴红色或黄色，叫声悦耳，以林中害虫为食，也叫黄莺。 ②含：这里作“映进”解。西岭：指岷山。岷山在成都西，积雪长年不化。 ③东吴：泛指江苏省江南地区。当时四川人到那里去，都在成都城外上船，可以万里直达。

【诗义解说】

两只漂亮的黄鹂在翠绿的柳树间鸣叫，一行白鹭直接飞向万里蓝天。我的窗前映进了西岭上的千年冰雪，城门外停泊着前往万里之外东吴的航船。

南宋·佚名《樱桃黄鹂图》

在这幅画面上，有一枝纤细的樱桃枝从左下角向上向右伸出，枝上缀满猩红色的果实，十分醒目。两只黄鹂分别立于两根树枝上，一只昂首欢歌，好像是在宣告丰收的喜讯；另一只正俯身注视着叶片，大概是在寻找食物。鸟的方向与樱桃枝的方向恰好一致，可见作者布局的巧妙。用笔凝练，设色素淡与明艳相映成趣。

㶉鶒

㶉 鶒[1]

李德裕

清沚双㶉鶒[2]，前年海上雏。
今来恋洲屿，思若在江湖。
欲起摇荷盖，闲飞溅水珠。
不能常泛泛[3]，惟作逐波凫[4]。

【难点疏通】

①㶉鶒（xī chì）：是一种长有漂亮彩色毛羽的水鸟，经常雌雄相随，喜欢共宿，也爱同飞并游，跟鸳鸯有些相似。 ②沚（zhǐ）：水中小块陆地。 ③泛泛：寻常。 ④惟：只能。凫：野鸭。

【诗义解说】

清水边的小洲上落着一对㶉鶒鸟，它们原来是两年前海上的小鸟雏。因喜爱水中的小岛今天来到这里，它想念的好像仍然是江海河湖。刚要飞起时就使那荷叶摇动起来，悠闲地飞行中又溅起了点点水珠。不能就这样平平常常地生活下去，否则只能像野鸭随波逐流。

南宋·佚名《荷塘㶉鶒图》

图上绘有一湾清溪，两岸长满杨柳，中间夹杂着点点红花。小溪里荷叶田田，隐隐约约可以看到正在开放的荷花。两只㶉鶒正在戏水，一只在水中觅食，一只抬头远望，生动活泼。一行白鹭破空飞向远方，把观者的视线引向画外。

翠鸟

感遇

张九龄

孤鸿海上来，池潢不敢顾①。
侧见双翠鸟，巢在三珠树②。
矫矫珍木巅③，得无金丸惧④。
美服患人指⑤，高明逼神恶⑥。
今我游冥冥⑦，弋者何所慕⑧。

【难点疏通】

①池潢：池塘。　②三珠树：亦作“三株树”，古代传说中的珍贵树木。据《山海经·海外南经》：“三株树在厌火北，生赤水上。其为树如柏，叶皆为珠。”　③矫矫：飞动的样子。珍木：珍贵的树木。　④得无：莫非。金丸：金制的弹丸。　⑤美服：美丽的羽毛。患：担心。　⑥高明：指翠鸟精明。逼神恶：逼迫得神灵也感厌恶。　⑦冥冥：高远的样子。　⑧弋者：用带绳的箭射猎的人。

【诗义解说】

孤单单的鸿雁从海上飞来，一般的池塘不敢光顾。看见旁边有一对翠鸟，筑巢在珍贵的三珠树。在珍贵的树木之巅飞来飞去，无非是担心受到弹丸的攻击。美丽的羽毛怕的是受到人们的指点，聪明伶俐让那些神灵也感到厌恶。今天我飞行在高高的天空，看那些射猎者还拿什么吹嘘。

清·王礼《花鸟图册》

图中树枝上茶花盛开，娇艳无比。在一枝粗壮的枝干上，落着两只翠鸟，一只安稳地伫立枝头，另一只则跃跃欲飞。翠绿的颜色，鲜艳的花朵，相映成趣。此图兼工带写，设色明丽，俊逸与娇美互生。构图精巧，两枝山茶左右伸舒撑开画面，左边花朵繁茂，而右边用两只翠鸟相对，可谓匠心独运。

衔鱼翠鸟

钱起

有意莲叶间，瞥然下高树①。
擘波得潜鱼②，一点翠光去。

【难点疏通】

①瞥然：忽然，迅速地。 ②擘波：分开波浪。

【诗义解说】

有意注视着莲叶间的动静，突然从高高的树上猛然出击。分开波浪猎到深水中的游鱼，只见一点翠绿光影突然飞去。

清·华嵒《花鸟图册》

烟雾迷蒙的江上，江中一丛芦苇迎风摇曳，苇丛中有一群鱼儿游来游去，一只翠鸟从空中飞速而下，扇动的翅膀，勾起的双脚，明亮的眼睛咄咄逼人。这是一幅有名的写意画，江水用浓淡不同的墨色进行渲染，芦苇用墨笔勾出，柔细却有韧性，相互交错却秩序不乱。

翡翠

齐己

水边飞去青难辨①，
竹里归来色一般②。
磨吻鹰鹯莫相害③，
白鸥鸿鹤满沙滩。

【难点疏通】

①青难辨：因翠鸟浑身青色，与蓝天的颜色融为一体，难以辨别。 ②色一般：跟竹子的颜色一样。 ③吻：鸟类的喙。鹯：一种猛禽，又名晨风，似鹞鹰，以体形较小的鸟为食。

【诗义解说】

从水边飞上蓝天那青青的颜色难以分辨，从竹林中归来又如翠竹的颜色鲜绿好看。正在磨喙的猛禽不要伤害它们，白色的海鸥鸿雁和鹤鸟正落满沙滩。

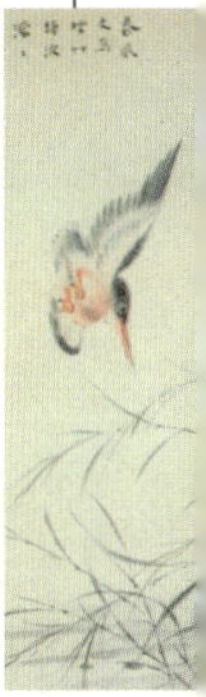

元·钱选《花鸟图》

钱选的《花鸟画》共分三段，第一段为碧桃翠鸟，第二段为牡丹，第三段为春梅。这里选的是第一段。一枝碧桃正在盛开，白色的花朵团团锦簇，在绿叶的映衬下格外醒目。一只全身翠绿的鸟儿站在树枝之上，正向远处遥望。作者以深浅不同的色调，兼用各种笔法变化，表现出花叶的阴阳向背。鸟的羽毛用笔刻意求工，精细简洁，形神兼备。画面设色清丽，风格雅秀。

戴胜

题戴胜[1]

贾岛

星点花冠道士衣[2]，
紫阳宫女化身飞[3]。
能传上界春消息[4]，
若到蓬山莫放归[5]。

【难点疏通】

①戴胜：鸟名，属佛法僧目戴胜科，分布于全国各地。长有扇状羽冠和华丽的羽毛，是著名的观赏鸟。体长约三十厘米，嘴细长且微弯曲，体羽主要为棕色，两翅和尾大多为黑色并有白色和棕色横斑。主要觅食地面上的各种昆虫、蠕虫和幼虫。筑巢于树洞或墙窟窿中。 ②星点花冠：带有星点的花色头冠。道士衣：戴胜的羽毛像道士所穿的衣服。 ③紫阳：即紫阳观，道士居住的地方。宫女：观中的道姑。 ④上界：天上。春消息：戴胜多在春天出现，它一出现，就标志着春天到来。 ⑤蓬山：传说中的海外仙山。莫放归：不要放归人间。

【诗义解说】

带有星点的花色头冠就像道士穿的衣服，那是紫阳观里的道姑变化成戴胜飞翔蓝天。它能够传来天上关于春天的消息，如果到了蓬山就不要再把它放归人间。

元·赵孟頫《幽篁戴胜图》

此图画幽篁细枝上停栖着一只戴胜鸟，正回头观望，笔法工整细致，精紧的墨线沿着新篁枝干生长的方向徐徐而上，凡到关节处则每每现出有力的顿挫。鸟羽的渲染随着戴胜的结构浓淡变化，虽蓬松轻盈也有一些硬翅呈现。竹与鸟呈对角线，鸟头与长喙十分突出，成为关注的焦点。设色清雅和谐，构图简洁明快。

鹅

咏鹅 骆宾王

鹅鹅鹅，
曲项向天歌①。
白毛浮绿水，
红掌拨清波②。

【难点疏通】

①曲项：歪着脖子。
②红掌：红色的脚蹼。

【诗义解说】

鹅呀鹅呀鹅，歪着脖子对着天空唱歌。洁白的羽毛浮在绿水上，红色的脚掌拨动着清清水波。

明·孙隆《芙蓉白鹅图》

孙隆，字从吉，曾任徽州（今属安徽）知府，擅长画梅。图上绘有平坡、湖石、芙蓉杂草，一只胖胖的白鹅立于花石之下。图中游鹅用泼墨勾出轮廓，轻色晕染出结构形体，准确而又洗练。芙蓉、湖石则用草草的逸笔写出，意趣横生。整幅画面，不拘泥一花一叶的细节刻画，而是从整体感觉出发，着力表现白鹅、芙蓉的生动神采。于写意中不失工细，工细中又有写意，风格独特。

得房公池鹅[①]

杜甫

房相西亭鹅一群，眠沙泛浦白于云[②]。
凤凰池上应回首[③]，为报笼随王右军[④]。

【难点疏通】

①房公：即房琯，他曾在汉州（今四川广元）任刺史，在城西凿湖，称西湖，也称房公湖。 ②泛浦：漂浮在水边。 ③凤凰池：古代称中书省为凤凰池。因房琯曾在中书省任职，因此用以指代房琯。 ④笼随王右军：王右军即晋朝书法家王羲之，他十分喜爱鹅，见一道士家养了十多只鹅，他想买来。道士说你只要给我写两章《道德经》，你就可以把鹅全部拿走。王羲之用了半天时间，写完《道德经》，用笼子装上鹅拿走了。

【诗义解说】

宰相房琯家西边的亭子里有一群鹅，睡在沙滩上游在水池边白过云朵。在中书省上班的房公一定在回头观看，请代我告诉他鹅已被装在笼子里被王右军拿走。

明·佚名《荷塘聚禽图》

图中一条小溪徐徐流动，两岸垂柳依依，河边刚刚长出的新荷别开生面，翠叶相托，衬得荷花格外淡雅。画上野鸭、八哥、山雀、啄木鸟形态各异，栩栩如生，而最为突出的当数天鹅。一对天鹅游在河面上，其中一只正捕捉到一条小鱼，叼在嘴上，小鱼还在拼命挣扎。用笔工细，构图丰满，设色鲜明，堪称古代工笔花鸟画的杰作。

鹅儿

李郢

腊后闲行村舍边①，
黄鹅清水真可怜②。
何穷散乱随新草③，
永日淹留在野田④。
无事群鸣遮水际，
争来引颈逼人前。
风吹楚泽蒹葭暮⑤，
看下寒溪逐去船⑥。

【难点疏通】

①腊：岁末。一般指农历十二月或泛指冬月。 ②可怜：可爱。 ③何穷：什么时候停止。 ④永日：整天。淹留：停留。 ⑤楚泽：楚地的沼泽。楚，指湖南湖北一带。蒹葭：芦苇。 ⑥逐：跟随。

【诗义解说】

腊月过后在村边房舍闲走，黄色的鹅清清的水真让人爱怜。无时无刻都在刚长出的野草中随便穿行，又整日停留在野外的田间。无事时它们成群在一起遮蔽了水面，伸着脖子争抢着凑到人面前。寒风吹拂着楚地沼泽边的芦苇天已黄昏，看着下到寒冷河水里离去的船只跟在后边。

明·邵弥《拟沈周鹅图》

邵弥（约1592～1624），长洲（今江苏苏州）人，性迂癖，不谐俗，擅画山水，自成风格。沈周画鹅原作，造型完整壮硕，下笔与其山水画一样，沉着圆浑。邵弥的这件拟作，鹅的造型准确而简略，用笔飘逸，富有敏捷的笔意，再辅以简练的水墨点染，显得神完气足。图的上部大片留白，有他自己的一篇题记。

鹫

和张仆射塞下曲[①] 卢纶

鹫翎金仆姑[②]，燕尾绣蝥弧[③]。
独立扬新令，千营共一呼。

【难点疏通】

①仆射（yè）：古代官职名，唐宋时期为宰相之职。 ②鹫翎：鹫鸟的羽毛，可以做箭羽。金仆姑：箭名，也泛指良箭。 ③蝥弧：春秋诸侯郑伯的旗名。后借指军旗。

【诗义解说】

良箭金仆姑上装饰着鹫鸟的羽毛，蝥弧旗上绣着燕尾的图案。指挥官站在高处发布新的命令，全军上下一片欢呼响彻云天。

明·卢朝阳《双鹫图》

卢朝阳，福建沙县人，擅长花鸟，尤工翎毛。图中四处白雪皑皑，云烟氤氲，悬崖绝壁上古松如龙盘虎踞，虬枝蟠曲。二鹊栖于枝间。上面巨石伸出，形成一个平台，两只鹫鸟立在上面，一正一背，目光犀利，望着空中飞起的两只小鸟。画风粗犷劲挺，用淡墨渲染天空，留白用作云雪山石，浓墨渲染暗处。双鹫羽毛用浓淡墨笔层层点画，细笔绘出茸毛，威风凛凛。

画眉

别锦儿

韩偓

一尺红绡一首诗[1]，赠君相别两相思。
画眉今日空留语，解佩他年更可期[2]。
临去莫论交颈意[3]，清歌休著断肠词[4]。
出门何事休惆怅[5]，曾梦良人折桂枝[6]。

【难点疏通】

①红绡：红色薄绸。 ②解佩：解下身上的佩物以作纪念。更可期：还有见面的机会。 ③临去：临分别的时候。莫论：不要说。交颈意：在一起时的缠绵之情。 ④清歌：没有伴奏唱的歌。休著：不要写。断肠词：让人悲伤的词句。 ⑤何事：任何事情。 ⑥良人：丈夫。折桂枝：科举及第。

【诗义解说】

在一尺红绡上写下一首诗，临别时赠送给你为的是两地相思。今天的画眉鸟白白地留下话语，解下身上的佩物为的是他年还有见面的时机。临分手不要说在一起时的深情厚意，唱歌时不要写让人悲伤的词句。我走以后你做任何事情都不要心情不好，会梦见你的丈夫科举及第。

清·华嵒《花鸟图册》

画的底部以写意手法绘出一块山石，十分苍劲。从山石上挺出一束花枝，枝干用枯墨勾出，枝的上下两点红花格外醒目。一只画眉鸟立于枝上，正在引吭高歌，悠闲而惬意。画眉向左，疏枝向右，形成了一种平衡，可谓匠心独具。

鸠

送二十二兄北游寻罗中　岑参

斗柄欲东指①，吾兄方北游。
无媒谒明主②，失计干诸侯③。
夜雪入穿履④，朝霜凝敝裘⑤。
遥知客舍饮，醉里闻春鸠。

【难点疏通】

①“斗柄”句：古人根据北斗斗柄所指的方向来定季节，斗柄东指为春，南指为夏，西指为秋，北指为冬。斗柄，指北斗七星中玉衡、开阳、摇光三星。　②谒：进见。　③失计：失策。干：求。诸侯：指显贵。　④穿履：磨露底的鞋子。　⑤敝裘：破旧的皮衣。

【诗义解说】

北斗星的尾柄正要指向东方，我的兄长刚刚准备向北方周游。没有渠道进见圣明的君主，也失去了拜求显贵的门路。夜里下了一场雪却穿着破旧的鞋子上路，早晨的白霜凝结在破旧的皮衣上头。远远知道你在客舍里饮酒，醉里听到了春鸠的鸣声啾啾。

清·余稚《鸟雀争春图轴》

余稚，字南州，江苏常熟人，擅长花鸟画。此图绘河岸边怪石嶙峋，一株梅树虬枝横出，树上点点白梅迎风绽放，清雅怡人。一对鸠鸟分别落在岩石和树干上，默默相向，深情无限。上方还有一对麻雀凌空飞翔，打破了宁静的画面，顿生无限生机。此图用笔工整简括，构图严谨，设色典雅。

春鸠[①]

元稹

春鸠与百舌[②]，音响讵同年[③]。
如何一时语，俱得春风怜[④]。
犹知化工意[⑤]，当春不生蝉。
免教争叫噪，沸渭桃花前[⑥]。

【难点疏通】

①鸠：属鸽形目鸠鸽科斑鸠属鸟类，分布于非洲、欧洲和亚洲，我国几乎遍及各省区。全身有褐、灰、蓝灰、红褐、粉红等颜色，栖息在山地、山麓或平原的林区，秋冬季节迁至平原。鸣声单调低沉，警惕性甚高。觅食高粱、麦种、稻谷以及果实等，有时也吃昆虫的幼虫。巢筑在树上。 ②百舌：即乌鸫，属鸟纲，雀形目，鸫科。体长约三十厘米，喙为腊黄色，眼周有一金色圈。通体为乌黑色，外形酷似八哥，但较八哥略大。雄鸟极善鸣啭。多以昆虫为食，偶尔也食果实。世界各地均有分布，我国多见于长江流域、华南和西南，西北和华北也有少量分布。 ③讵：岂。 ④怜：爱。 ⑤化工：大自然的造化之功。 ⑥沸渭：形容声音嘈杂。

【诗义解说】

春天的斑鸠与百舌，听其声音哪里是同年而生。为什么在同一时间鸣叫起来，因为都得到了春风的爱怜。要知道那是自然造化的意愿，在春天不让鸣蝉降临。以免让它们争着叫唤，在桃花前吵闹个不停。

宋·赵佶《桃鸠图》

此图寥寥几笔，就生动地勾出了桃枝的舒展形象，枝上的桃花有的已经盛开，有的含苞待放。一只硕大的斑鸠站在桃枝上，格外突出。斑鸠的背部羽毛用浓墨染出，腹部及头则颜色较浅，二者形成鲜明的对比。斑鸠的眼睛用生漆点成，颇有神采。

春鸠

温宪

村南微雨新①，平绿净无尘②。
散睡桑条暖③，闲鸣屋脊春。
远闻和晓梦，相应在诸邻。
行乐花时节，追飞见亦频④。

【难点疏通】

①微雨：小雨。②平绿：平原上的一片绿色。③散睡：分散着睡觉。④频：指次数多。

【诗义解说】

村南刚刚下过一场小雨，平原上的绿草干净得没有一点儿泥尘。趁着春暖散睡在柔软的桑树条上，春天闲来无事在屋脊上唱着歌声。远远听到进入了拂晓前的梦境，相互呼应在邻居家的屋顶。在这鲜花盛开的时节及时行乐，你追我赶也能常常见到它们的身影。

宋·李安忠《竹鸠图》

李安忠，生卒年不详，浙江杭州人，工花鸟禽兽。此图绘一枯枝正从一丛翠竹里伸出，枯枝上栖息着一只斑鸠。看它蜷缩的身子和呆滞的目光，可能感到有些冷，表现出早春季节的特点。颀长的尾巴与毛茸茸的身体，显出小鸟特有的质感。构图别致，笔法严谨，设色清丽。

鹩鸪

鹩鸪①

郑谷

暖戏烟芜锦翼齐②，品流应得近山鸡。
雨昏青草湖边过③，花落黄陵庙里啼④。
游子乍闻征袖湿⑤，佳人才唱翠眉低。
相呼相应湘江阔，苦竹丛深春日西⑥。

【难点疏通】

①鹩鸪：属鸡形目雉科鹩鸪属。雄鸟长约三十厘米，枕、上背、下体及两翼有醒目的白点，背和尾具白色横斑，一宽阔的白色条带由眼下至耳羽。雌鸟与雄鸟大致相同，但下体有黄色带黑斑，上体多棕褐色。鸣叫声音独特，洪亮而刺耳。分布于印度东北部至中国南部及东南亚。 ②烟芜：烟气笼罩的荒野。锦翼：漂亮的羽翼。 ③青草湖：又名巴丘湖，在洞庭湖东南。 ④黄陵庙：在湖南湘阴县北洞庭湖畔。相传舜帝南巡，死于苍梧，二妃前去寻找，淹死于湘江，后人为纪念他们，遂于洞庭湖畔建庙，是为黄陵庙。 ⑤游子：远游在外的人。乍闻：刚刚听到。 ⑥苦竹：竹的一种，又名伞柄竹。

【诗义解说】

春暖时节鹩鸪漂亮的羽毛十分整齐游戏在荒野上，它们的品位应该与美丽的山鸡接近。有雨的黄昏时节它们从青草湖边飞过，花落时它们又在黄陵庙里啼鸣。游子刚刚听到不由得衣袖被泪水打湿，佳人方才唱完禁不住低下了愁眉心情难平。相互呼叫着飞行在宽阔的湘江上，太阳偏西的时候它们又在深深的苦竹丛中。

宋·赵佶《鹩鸪图》

图上一株枯树正欲发芽，表明春天已经到来。树下的几条小鱼正在河中畅游。左下侧两只鹩鸪一边飞行一边嬉戏，树上的那只看着它们，它张着嘴，似乎在斥责那两只不听话的鸟。构图均衡，神态毕肖，笔力精劲。

白鹇

放白鹇篇①

宋之问

故人赠我绿绮琴②，兼致白鹇鸟③。
琴是峄山桐④，鸟出吴溪中⑤。
我心松石清霞里⑥，弄此幽弦不能已⑦。
我心河海白云垂，怜此珍禽空自知。
著书晚下麒麟阁⑧，幼稚骄痴候门乐⑨。
乃言物性不可违⑩，白鹇愁慕刷毛衣⑪。
玉徽闭匣留为念⑫，六翮开笼任尔飞⑬。

【难点疏通】

①白鹇：别名银鸡，属于雉科的大型鸡类。颜色以白为主，兼带蓝、黑、红等。广布于我国南部各省。白鹇因其体态娴雅，外观美丽，自古就是著名的观赏鸟。 ②故人：老朋友。绿绮：一种琴的名字。 ③兼致：同时送来。 ④峄山：在今山东省邹城市东南。 ⑤吴溪：指江苏苏州一带的溪流。 ⑥清霞：清新的霞光。 ⑦弄：调奏。幽：僻静。 ⑧麒麟阁：秘书省的别称。 ⑨幼稚：小孩。 ⑩物性：事物的本性。 ⑪愁慕：愁怨思慕。 ⑫玉徽：玉制的琴徽。这里代指琴。 ⑬六翮：鸟翅上的大翎。这里代指鸟。

【诗义解说】

老朋友赠送给我一把绿绮琴，同时还有一只白鹇鸟美丽动人。琴是峄山的桐木所制，鸟则出自吴地的河流中。我的心向往松树山石清新的霞光，僻静的地方弹奏起琴来不肯停。我的心在江河大海白云边，爱这只珍禽只有我自己心知肚明。写完信晚上从麒麟阁回来，小孩在门口等候十分高兴。人们说事物都有自己的本性不能违背，白鹇在那里发愁思慕着江河把羽毛轻轻梳匀。把琴放在匣子里作为留念，把鸟从笼子里放出任你自由翱游长空。

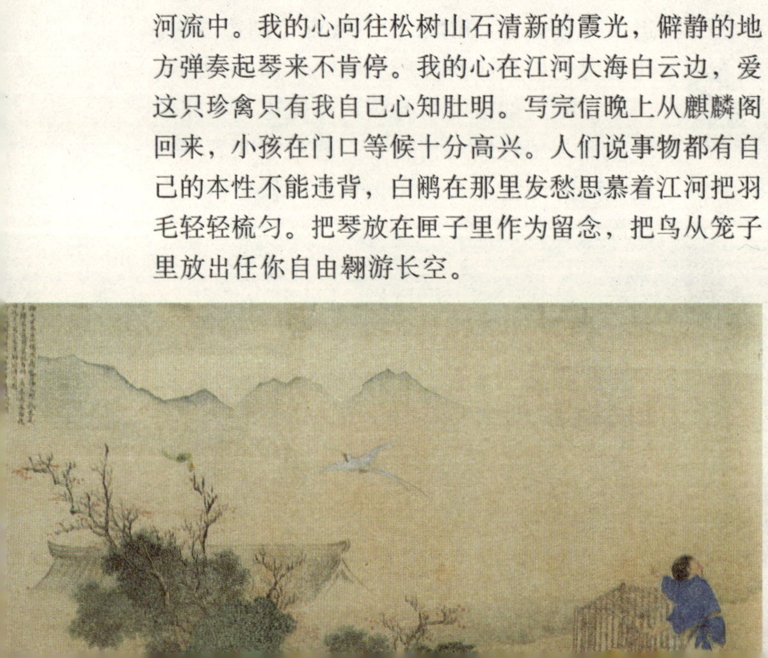

清·禹之鼎《王士祯放白鹇图》（局部）

禹之鼎（1647～？），江苏扬州人，字上吉，号慎斋，康熙年间供奉内廷。擅长山水和人物，尤工写像。图中所绘一老者即王士祯，是当时文坛的领军人物。此图根据王士祯"自起开笼放白鹇"之句所绘。王士祯坐在园林中一棵大树下，身边放着一摞书，手中还拿着一本，但没有看，而是看着僮仆将笼中白鹇飞去。画面空阔，人物形象生动。

白鹇

元稹

有鸟有鸟谓白鹇，雪毛皓白红嘴殷[1]。
贵人妾妇爱光彩，行提坐臂怡朱颜[2]。
妖姬谢宠辞金屋[3]，雕笼又伴新人宿[4]。
无心为主拟衔花，空长白毛映红肉。

【难点疏通】

①殷：深红。 ②行提：行走的时候提着。坐臂：坐着的时候让它站在臂上。怡：愉悦。朱颜：红润的脸色。 ③妖姬：美女。谢宠：失去了宠爱。金屋：华美的屋宇，为美女所居。 ④雕笼：雕有图案的精美鸟笼。

【诗义解说】

有一种鸟名字叫白鹇，雪一样洁白的羽毛红红的嘴让人爱怜。贵族人家的妻妾都喜爱它的光彩，走时提着坐时立在臂上让美人感到心欢。美丽的少妇失去宠爱离开了金屋，雕笼里的鸟儿夜晚又将新人陪伴。没有心思为主人叼花游戏，徒然地长了一身白色的羽毛映衬着红红的肌肉。

明·汪肇《柳禽白鹇图》

汪肇，字德初，安徽休宁人，工山水、人物，尤长于翎毛，豪放不羁，自谓其笔意飘若海云，因自号海云。图绘溪水奔流，浪花翻滚，岸边青草依依，两只白鹇一俯一仰，悠然闲适。一株杨柳，枝条倒垂，随风飘动；柳间桃花盛开，数只燕子翻腾嬉戏于柳枝之间，充满了早春气息。白鹇画法工细，形象写实，生动传神。羽毛色彩，对比鲜明。工写结合，造型生动自然，色彩丰富。

鹄

别鹄操①

韩愈

雄鹄衔枝来，雌鹄啄泥归。
巢成不生子，大义当乖离②。
江汉水之大③，鹄身鸟之微。
更无相逢日，安可相随飞④。

【难点疏通】

①鹄：即天鹅。　②大义：夫妇之义。乖离：分别。
③江汉：长江汉水。　④安可：怎么才能。

【诗义解说】

雄天鹅衔着树枝回来，雌天鹅衔着泥巴而归。鸟巢做成但是没有生子，夫妻的情分至此了断难以追回。长江汉水十分广阔，天鹅显得十分卑微。分手之后再没有相逢的日子，有什么办法才能相并而飞。

明·殷偕《海青击鹄图》

殷偕，字汝同，江宁（今江苏南京）人，生卒年不详，宣德至正统（1426～1449）时人，曾供奉内廷。善画花卉翎毛。海青即鹞鹰。图中表现的是鹞鹰袭击天鹅的场面。鹞鹰虽小，但十分强悍，坚实的利爪深深地嵌入天鹅的头颈。天鹅的肚腹向上，两足用力扑打，垂死挣扎，痛苦之状十分鲜明，生物界弱肉强食的斗争表现得淋漓尽致。鹞鹰与天鹅用工笔细绘，质感很强，表情生动。

鸿

赋得听边鸿

白居易

惊风吹起塞鸿群①，半拂平沙半入云。
为问昭君月下听②，何如苏武雪中闻③。

【难点疏通】

①惊风：狂风。 ②昭君：见陈子昂《居延海树闻莺同作》注⑤。 ③苏武：汉昭帝时，苏武出使匈奴，被扣留十九年，在北海牧羊。后见汉使，密嘱其对匈奴单于说，汉天子在上林苑射猎，获一鸿雁，足上有书，言苏武在什么地方。单于听后大惊，乃放苏武回归。

【诗义解说】

狂风吹起塞外的鸿雁群，一半飞过平原上的沙漠一半进入云空。王昭君月下听到的鸿雁的叫声，哪里像苏武在雪中听到的雁鸣。

明·陈道复《雪渚惊鸿图》

陈道复（1483～1544），号白阳，长洲（今江苏苏州）人，与祝允明、文徵明、王宠齐名，号“吴门四大家”。此图绘有平湖沙洲，雪景寒林。湖中芦苇丛生，错落有致。一渔翁站在水中网鱼，溪边有房舍数栋，有的坐落坡间，有的依山傍水，布置井井有条。一群鸿雁结队而飞。图中野草、鸿雁用笔随意写出，皑皑白雪用烘托法，灵活豪放。

百鸟

游山南寺

殷尧藩

山中尽日无人到①，
竹外交加百鸟鸣②。
昨日小楼微雨过，
樱桃花落晚风晴。

【难点疏通】

①尽日：整日，整天。
②交加：夹杂着。

【诗义解说】

深山里面整天都没有人来，竹林外面夹杂着百鸟的鸣声。昨天小楼边下过一阵小雨，樱桃花被晚风吹落天空一片晴明。

明·边景昭《百禽图》

此图描绘初冬时节，以梅、竹、松岁寒三友为主。两株翠竹立于坡石之上，宛如婀娜多姿的少女。上端梅枝斜出，与竹干交叉，花正开放。梅枝之后，隐隐可见一松枝，各色禽鸟聚集其上，或飞或鸣，或嬉或息，呼应顾盼，仰俯侧反，各尽其态。画家精于勾染刻画，工整细致之间，又不失活泼自然之趣。构图虽繁复，但因巧于穿插掩隐，所以繁而不乱，显示了画家艺术功力之深厚。

溪边 吴融

溪边花满枝，
百鸟带香飞[1]。
下有一白鹭，
日斜翘石矶[2]。

【难点疏通】

①带香飞：带着花的香气飞行。
②石矶：水边突出的巨大岩石。

【诗义解说】

小溪边树的枝头上开满了鲜花，成群的鸟儿带着花香在天空中飞翔。下面有一只白色的鹭鸶，太阳已经偏西还翘首站在巨大的岩石之上。

明·佚名《秋林聚禽图》

图上绘有峥嵘的山势，溪涧中水流淙淙，枯树上藤萝缠绕。在这秋风萧瑟中，有无数的禽鸟生活在这里，有的凌空高飞，有的在枝头仰望，有的则漫步石间，有的在水中嬉戏，使整幅画面顿时活了起来。画中的鸟均用工笔绘出，羽毛极具装饰味道。画面静中有动，动静结合，观者似乎听到了鸟的鸣叫声。

蟹

状江南·季冬[1]

丘丹

江南季冬月，红蟹大如䚹[2]。
湖水龙为镜[3]，炉峰气作烟[4]。

【难点疏通】

①季冬：冬天第三个月，即农历十二月。②䚹（pián）：瓜名，有黄白两种。③龙为镜：绘有龙图案的铜镜。④炉峰：庐山香炉峰的省称。

【诗义解说】

江南到了深冬季节，红红的蟹子像䚹瓜十分可人。湖水就像有龙图案的镜子，庐山香炉峰笼罩在烟雾之中。

明·徐渭《黄甲图》

徐渭（1521～1593），字文清，后改字文长，别号青藤、天池、田水月等，山阴（今浙江绍兴）人，在书画、诗文、戏曲等领域均有很深造诣，山水、人物、花鸟、竹石无所不工，以花卉最为出色。此图以奔放精练的笔墨写出螃蟹的爬行之状和荷叶萧疏的清秋气氛。蟹的造型，虽然寥寥数笔，却浓、淡、枯、勾、点、抹诸多笔法掺用，质感、形状、神态历历具足。覆盖在上面的荷叶，用笔阔大，一气贯成，偃仰有致，在点画之外更具无尽的秋意。发挥了文人画中以笔墨抒怀写意的传统，一改花鸟画自然秀润、恬静优雅的格调，形成大胆泼辣、乱头粗服的画风，并结合题诗和苍劲奔放的书法，体现出倔强不驯的个性。

忆江南旧游二首之二

羊士谔

曲水三春弄彩毫①，樟亭八月又观涛②。
金罍几醉乌程酒③，鹤舫闲吟把蟹螯④。

【难点疏通】

①曲水：古代农历三月上巳节有“曲水流觞”的习俗，即把酒杯置于回环的水上以行酒。三春：指农历第三个月。 ②樟亭：在今浙江省杭州市，是看钱塘江潮的地方。 ③金罍：一种酒器。乌程酒：古代乌程产的一种美酒。乌程有二说，一说在豫章康乐县（今江西省万载县）乌程乡，一说在湖州乌程县（今浙江省湖州市）。 ④鹤舫：饰有鹤图案的船。

【诗义解说】

三春时节在曲水边舞弄着彩色毛笔，到了八月又在樟亭观看钱塘江潮。手持金罍喝着乌程美酒几乎醉倒，坐着绘有鹤图案的小船一手拿着蟹螯。

清·虚谷《花鸟水族图·小草双蟹》

虚谷（1823～1896），僧人，安徽翕县人，擅花鸟、果、禽、人、鱼，风格冷峭新奇。此图绘在一团浓密的水草中，有两只大蟹正在爬行。两蟹高举着巨大的螯，其爪在奋力地使着劲，气势汹汹，不可一世。蟹背的边缘用浓墨，其他部位用淡墨，以显示其层次。水草用浓淡不同的颜色，表现其远近。整幅画面颇有神韵。

咏蟹

皮日休

未游沧海早知名，
有骨还从肉上生。
莫道无心畏雷电①，
海龙王处也横行。

【难点疏通】

①雷电：古人认为，海龙王行雷电布雨。

【诗义解说】

没有到过沧海早就知道你的名字，我知道你的骨头都从肉上生。不要说你不知道对雷电感到害怕，就是海龙王那里也敢横行。

南宋·佚名《荷蟹图》

图中有一张牙舞爪的螃蟹，攀在一片快要枯败的荷叶上，好像在寻找食物。荷叶被压得贴在水面上，荡起细细的波浪。荷叶与螃蟹细小的筋络、毛刺、斑纹都刻画得入木三分。左侧的蓼叶正反两面用深浅两种颜色渲染，水藻轻轻漂在水面上，设色逼真写实，十分生动。

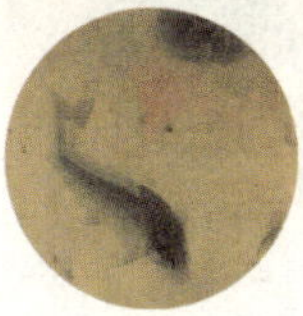

鱼

观鱼潭

李白

观鱼碧潭上，木落潭水清①。
日暮紫鳞跃，圆波处处生②。
凉烟浮竹尽③，秋月照沙明。
何必沧浪去，兹焉可濯缨④。

【难点疏通】

①木落：叶落。 ②圆波：晋潘岳诗："游鱼动圆波。"因鱼动而形成的圆形波纹。 ③浮竹：江上浮动的竹排。 ④"何必"两句：古代楚地流传的《孺子歌》："沧浪之水清兮，可以濯吾缨；沧浪之水浊兮，可以濯吾足。"沧浪，古水名，在今湖南汉寿县境，流入洞庭湖。兹焉，这个地方。濯，洗。缨，帽带。

【诗义解说】

在碧绿色的池塘上观看游鱼，树叶纷纷落下潭水格外清澈。天黑下来漂亮的鱼儿在不停地跃动，到处形成了圆形的波纹。水上凉爽的烟雾下浮动的竹排已看不见，秋天的月亮照在沙滩上一片光明。何必要到沧浪水那里去，在这里就可以洗涤帽子上的缨。

南宋·佚名《萍藻游鱼图》

一汪池水里，形态各异的鱼儿游来游去，搅动起道道涟漪。浮萍团聚在一起，水草受到鱼的影响而摆动。看到游鱼，一只螃蟹顿时警觉起来，赶紧举起它那双钳子。图上墨色深浅不同，十分形象地刻划出鱼的脊背、腹部、鳍和眼睛的形状，甚至连游鱼的影子也能让人感觉到。

观游鱼

白居易

绕池闲步看鱼游，
正值儿童弄钓舟[①]。
一种爱鱼心各异，
我来施食尔垂钩[②]。

【难点疏通】

①正值：正碰上，正赶上。弄：摆动。 ②施食：给鱼投食。尔：你，指儿童。

【诗义解说】

绕着池塘慢慢散步看着鱼儿游来游去，正碰上儿童摆动着钓鱼的船只。都有一种爱鱼的心但做法各不相同，我是来给鱼投食你们却是来钓鱼。

南宋·佚名《春溪水族图》

一条大鱼占据了主要画面，它那有力的游动似乎把水塘都给搅得动荡起来。还有一些大小不一的鱼在悠然地游动着，连水草也跟着舞动起来，刚生出的荷叶也在水面上漂动着，使整个池塘充满了勃勃生机。鱼的着色依背腹不同而做明暗处理，颜色过渡十分自然。此图上疏下密，搭配合理，是一幅难得的佳作。

龟山寺鱼池①　李绅

汲水添池活白莲，
十千鬐鬣尽生天②。
凡庸不识慈悲意③，
自葬江鱼入九泉④。

【难点疏通】

①龟山寺：故址在今浙江绍兴镜湖中，因山形如龟而得名。 ②十千：众多的意思。鬐鬣（qí liè）：本指鱼鳍，这里代指鱼。生天：得到放生。 ③凡庸：平庸之人。这里专指破杀戒捕鱼的僧人。 ④九泉：这里是说，那些不守戒规的僧人，一定会自葬镜湖而喂鱼。

【诗义解说】

打来水添在池塘里使白莲活了起来，许许多多的鱼儿都得到了放生。庸俗平常之人不懂得什么是慈悲，必然成为鱼的美味葬身湖中。

元·赖庵《藻鱼图》

赖庵，生卒年不详，工画鱼藻，画作有装饰化倾向，亦善画龟。此图中，一条大鱼几乎占据了画面的全部空间，它似乎刚刚掉转身来面对观者，嘴巴大张，目光犀利。还有一些小鱼，或环绕戏荷，或上下翻转怡然自乐。作者用细线精心描绘了片片鱼鳞，通过晕染来显示质感和立体感。以淡墨写水草，并通过鱼尾的摆动和水草的摇晃增加画面的动感。图中没有一笔画水，只是通过水藻和鱼的动态来表现水，别具匠心。

游鱼

来鹄

弄萍隈荇思夷犹①，
掉尾扬鬐逐慢流②。
应怕碧岩岩下水，
浮藤如线月如钩。

【难点疏通】

①隈：通“偎”，依偎。荇：一种多年生水草，嫩时可食，也可入药。夷犹：迟疑不前。②掉尾：摆尾巴。鬐：通“鳍”，鱼和其他水生脊椎动物的运动器官，由刺状的硬骨或软骨支撑薄膜而成，按其所在部位，可分成胸鳍、腹鳍、背鳍、臀鳍和尾鳍。慢流：缓慢的流水。

【诗义解说】

游戏在萍草边依偎在荇草旁迟迟疑疑欲进不进，摆动着尾巴扬起背鳍在缓慢的水流中游来游去。可怕的是碧绿的岩石下面的流水，浮在上面的藤条就像钓线而月亮就像钓钩。

南宋·佚名《落花游鱼图》

群鱼戏于水中，有的结队而行，有的结伴而行，一种欢快的情调油然而生。鱼的品种不一，活灵活现。鱼群在游来游去，水草也随之飘动。一花枝伸出，花瓣落到水面，鱼儿蜂拥而来，你挤我拥逐花嬉戏。此画成功地表现了鱼儿、浮藻的生动情景。

小鱼咏寄泾州杨侍郎

卢纶

莲花影里暂相离，才出浮萍值罟师[1]。
上得龙门还失浪[2]，九江何处是归期[3]。

【难点疏通】

①值：碰到。罟（gǔ）师：打鱼的人。 ②龙门：即禹门口，在今山西省河津县西北和陕西省韩城市东北。黄河至此，两岸峭壁对峙，形状如门，故称。古有鲤鱼跳龙门之说，跳过龙门，即可为龙。失浪：失去波浪。指被搁浅在岸上。 ③九江：泛指江河。

【诗义解说】

在莲花的影子里暂时与同伴分开，刚刚浮露出头来就碰到了打鱼人。跳上龙门却被搁浅在岸上，什么时候才能回到大江大河之中。

清·金玥《花鸟鱼图册》

金玥，女，字晓珠，江苏昆山人，康熙初年著名画家，以花鸟见长。图绘在一个小石潭里，河水清清，鱼儿在成群嬉戏，有的两两相争，有的流连花间。蜻蜓和蝴蝶大概是受到鱼儿的吸引，落在花叶之上，看着鱼儿在游动。潭边一块巨石，像卫士一样守护着这优美的所在。水纹用细线勾出，山石用浓墨绘出，用亮色点苔。水中花卉艳丽夺目。整幅画显得清幽安详。

鲤鱼　章孝标

眼似真珠鳞似金[①]，
时时动浪出还沉[②]。
河中得上龙门去[③]，
不叹江湖岁月深。

【难点疏通】

①真珠：珍珠。 ②时时：经常。 ③“河中”句：用鲤鱼跳龙门的故事。河，指黄河。

【诗义解说】

眼睛像珍珠鳞片似黄金，经常掀起波浪游出水面又往下沉。若能从黄河中登上龙门，就不必感叹在江湖里日久年深。

清·朱耷《鲤鱼图》

朱耷（1626～1705），字雪个，又字个山、八大山人等，江西南昌人，明朱元璋之子宁献王朱权的后裔，明亡后出家当了和尚，至康熙十九年（1680）还俗。此后住江西南昌，以诗文书画为事，直至去世。书画篆刻成就颇高。这幅图画面非常简单，只有一条鲤鱼，斜着向上游动，像是要冲上水面。鱼身用枯笔干墨绘出，浓淡干湿虚实的层次十分丰富。虽然笔墨不多，但鱼的体积感很强，加上用浓墨点的十分有神的眼睛，更使这条鲤鱼神采奕奕。

宫词百首之一

和凝

金马门开侍从归①，御香犹惹赐来衣②。
晓光满院金鱼冷，红药花擎宿露飞③。

【难点疏通】

①金马门：汉代宫门名，为学士待诏之处。 ②惹：沾染。 ③红药：红色芍药花。擎：举着。宿露：隔夜的露水。

【诗义解说】

金马门打开侍从们都下朝归来，皇帝赐的衣服上仍带着朝堂上的御香。早晨的阳光洒满院子金鱼也觉得有些冷，红色芍药花上擎着隔夜的露水在风中摇晃。

清·虚谷《花鸟水族图》

图上有大小不等的金鱼五条，颜色有红有白有黑，正从水草中游出来。由于鱼的游动，我们似乎感受到水草也被它们搅得动荡起来。这是一幅典型的写意画，颜色搭配合理，鱼的造型雅趣天然，新颖别致。

放鱼

李群玉

早觅为龙去①，江湖莫漫游②。
须知香饵下③，触口是铦钩④。

【难点疏通】

①“早觅”句：古代传说鲤鱼跃过黄河上的龙门就变为龙。②漫游：随随便便出游。③香饵：芳香的钓饵。④触口：口所碰到的。铦：鱼叉。

【诗义解说】

应该早早寻找一条成龙的道路，在江湖上不要随随便便出游。要知道芳香的钓饵之下，口所碰到的不是鱼叉就是鱼钩。

清·程璋《江皋霜艳图轴》

江边巨石挺拔而起，壁立千仞，峻峭而沉雄。悬崖上枯树蜷曲而出，叶已稀疏，颜色变暗，而花则迎寒怒放，平添冷艳之色。一群鱼儿在清澈的江中自由自在地游着，活泼而生动。鱼、花、叶都颇具立体感，显然受到了西洋技法的影响。

蜘蛛

蜘蛛讽

孟郊

万类皆有性①，各各禀天和②。
蚕身与汝身，汝身何太讹③。
蚕身不为己，汝身不为佗④。
蚕丝为衣裳，汝丝为网罗。
济物几无功⑤，害物日已多。
百虫虽切恨⑥，其将奈尔何⑦。

【难点疏通】

①性：本性。 ②禀：承受。天和：天地间和顺之气。 ③讹：怪异，怪诞。 ④佗：他人，别人。 ⑤济物：即济人。几：几乎。 ⑥切恨：切齿痛恨。 ⑦其将：那能把。奈尔何：能把你怎么样。尔，你，指蜘蛛。

【诗义解说】

世上的万事万物都有自己的本性，各个都承受着天地间的和顺之气。就拿人们养的蚕和你来比吧，而你为什么是那样的怪异。蚕从来不为自己，可你却从来不给别人带来利益。蚕吐出的丝可以做衣裳，可你吐出的丝却结成了网罗。对于人几乎没有什么益处，可害人之处一天比一天多。其他各种各样的虫子虽然对你切齿痛恨，可它们又能把你怎么样。

宋·易元吉《蛛网攫猿图》

易元吉，北宋画家，字庆之，长沙（今湖南省长沙市）人。原工花鸟蜂蝶，后见到赵昌作品，自认为其精绝处难以超越，乃立志于他人所未到处，于是转攻猿猴。画中黑猿攀于下垂的树枝上，一手伸出想要抓停息在网中间的蜘蛛，它的手指前部略微有些弯曲，绷得紧紧地，好像随时准备快速缩回来，一副认真、紧张的神态跃然纸上。全图运笔工细，树叶上的斑纹、叶脉以及猿猴松软的茸毛都刻画得一清二楚。构图上密下疏，但其总体走势为从左上向下向右，疏密有致。

虫豸诗·蜘蛛　元稹

蜘蛛天下足①，巴蜀就中多②。
缝隙容长踦③，虚空织横罗④。
萦缠伤竹柏，吞噬及虫蛾。
为送佳人喜⑤，珠栊无奈何⑥。

【难点疏通】

①天下足：遍布全天下。　②巴蜀：指四川。就中：其中。　③容长：宽绰。踦：蜷曲。　④虚空：空中。　⑤“为送”句：有一种小蜘蛛，被称为喜蛛，民间认为它的到来，是来送喜。　⑥珠栊：饰有珍珠的窗棂。

【诗义解说】

蜘蛛这种小动物遍布全天下，而巴蜀那里尤其多。它们在缝隙里宽敞地蜷曲着，在空中横着织起网罗。一层一层地缠绕对竹柏造成了伤害，把粘在蛛网上的虫蛾当作食物吞吃。为了给佳人送来喜讯，即使在饰有珍珠的窗上织满蛛网也无可奈何。

明·陈洪绶《蓝菊蜘蛛图》

陈洪绶（1598～1652），字章侯，浙江诸暨人，擅长山水、花鸟、人物，造型夸张，线条细劲传神。图中左下角有一组湖石，有卧有立，石头周围盛开着朵朵蓝色的菊花。有一株长长的野草从石缝里伸出，上面结有蛛网，网硕大而细密，一只蜘蛛在网中央，正向前面不远处一只自投罗网的飞虫爬去，显得紧张而兴奋。作者用没骨法描绘菊花和草，花瓣用浓墨画出，中间用石青点画，使花格外艳丽。蛛网用细笔层层绘出，工整细腻，甚至都可看到飞虫的细腿。

蛙

蛙　白居易

水中科斗长成蛙①，
林下桑虫老作蛾。
蛙跳蛾舞仰头笑，
焉用鲲鹏鳞羽多②。

【难点疏通】

①科斗：即蝌蚪。　②焉用：哪里用得着。鹍鹏：鹍，通“鲲”，庄子《逍遥游》中描写的一种大鱼，不知有几千里长。化而为鸟，即为鹏，其背不知几千里。鳞羽：水中动物与鸟类。

【诗义解说】

水里的蝌蚪长成了青蛙，树下的桑虫变成了飞蛾。抬头看到青蛙跳跃蛾子飞舞心情十分高兴，哪里用得着鲲和鹏那样巨大的游鱼和飞鸟。

明·孙隆《花鸟草虫图》

这幅图是孙隆所绘《花鸟草虫图》中的一幅。图的背景用赭黄色铺底，水面上漂浮着两片荷叶，纯用大写意笔法，用笔同时蘸上几种颜色，一挥而就，任凭色彩在素绢上自然渗化交融，表现出枯荷特有的层次感，淋漓尽致地表现出秋光色影中大自然的美景，简放而概括。荷叶上的一只青蛙，背部用墨色点染，用留白的方式勾出线条，两只眼睛用浓墨点出。它正仰头注视着前方，神气十足。

西京道中闻蛙

吴融

雨余林外夕烟沉[1]，忽有蛙声伴客吟。
莫怪闻时倍惆怅[2]，稚圭蓬荜在山阴[3]。

【难点疏通】

①雨余：雨快停而未停的时候。沉：重。 ②惆怅：心情不舒畅。 ③稚圭：南朝齐人孔稚圭，他的院内荒草不剪，中有蛙鸣。他把蛙鸣当作两部鼓吹（即有坐、立两部的乐队演奏的音乐）。蓬荜：用草、树枝等做成的大门，形容穷苦人家所住的简陋房屋。山阴：今浙江绍兴。孔稚圭为山阴人，本诗作者吴融也是山阴人，诗借孔稚圭写自己闻蛙的思乡之情。

【诗义解说】

雨快停的时候树林外夜晚的烟雾很重，忽然听到蛙鸣声伴着客人在低声吟唱。不要责怪听到蛙声非常地惆怅，因为我的家乡和孔稚圭都在山阴那个地方。

清·牟义《杂画册》

牟义，字苇江，江苏镇江人，擅长花鸟。图绘池塘岸边，乱石层层叠叠，一株海棠挺立在岩石之前，叶大花小，花香引来蜜蜂。更为有意思的是，一只青蛙蹲在一边，正歪头捉摸：眼前这片叶子是不是我所喜爱的荷叶？我该不该跳上去玩耍一番？本图重在写意，青蛙颜色鲜丽，憨态可掬；山石用秃笔勾勒大框，运笔稍柔；海棠用细笔丝成，现出富丽。

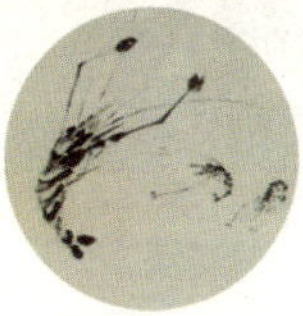

虾

索虾

唐彦谦

姑孰多紫虾①，独有湖阳优②。
出产在四时，极美宜于秋。
双箝鼓繁须③，当顶抽长矛④。
鞠躬见汤王⑤，封作朱衣侯⑥。
所以供盘餐，罗列同珍羞⑦。
蒜友日相亲⑧，瓜朋时与俦⑨。
既名钓诗钓⑩，又作钩诗钩⑪。
于时同相访，数日承款留⑫。
厌饮多美味⑬，独此心相投。
别来岁云久，驰想空悠悠。
封缄托双鲤⑭，于焉来远求⑮。
慷慨胡隐君⑯，果肯分惠否⑰？

【难点疏通】

①姑孰：苏州的别称。 ②湖阳：地名，在苏州境内。 ③双箝：指虾的两只螯。繁须：很多的触须。 ④长矛：也指触须。 ⑤汤王：这里戏称滚烫的开水。 ⑥朱衣侯：虾煮熟后变成了红色。 ⑦珍羞：美味。 ⑧蒜友：以蒜为友，指吃虾时须用蒜泥。 ⑨瓜朋：以瓜为朋。俦：伴侣。 ⑩钓诗钓：把虾当作钓诗的钓竿。 ⑪钩诗钩：又当作钩诗的钓钩。 ⑫款留：款待留宿。 ⑬厌饮：饱餐。 ⑭封缄：封上信封。双鲤：此指信使。 ⑮于焉：到这里。 ⑯胡隐君：作者一位姓胡的隐居朋友。 ⑰惠：好处。这里指虾。

【诗义解说】

姑苏这个地方紫虾很多，而独有湖阳的虾最为优秀。一年四季都有出产，最好吃的时候则在金秋。两只箝子圆圆鼓鼓还长有许多触须，它的头顶也伸出许多长矛样的触须。当虾弯着腰去见汤王时，因受到喜欢而被封为朱衣侯。人们拿它当作盘中的美餐，在餐桌上也把它当成美味珍羞。每天都跟大蒜相亲相近，也把瓜菜当成自己的侣俦。人们把它叫作钓诗的钓竿，又把它称作钩诗的鱼钩。赶上虾最美的时候前来拜访，一连数日的款宴慰留。一生吃过许多美味，而虾则最对我的胃口。分别已经很长时间，那顿虾宴让我常挂心头。把写好的信封好托人带去，为的是到你这里再求一些鲜虾。我那位慷慨的胡姓隐居朋友，能不能满足我的要求？

清·高其佩《虾图》

高其佩（1660～1734），字韦之，号且园，辽宁铁岭人，所绘人物、山水，别具一格。此图最大的特点是以虚代实，画面上没有一笔画到水，但水的形态却让人能够真切地感受得到，主要是靠三只弓着身体正在游动的虾，还有轻轻摇曳的水草来表现。图中的虾可谓传神入化，身形饱满，长须长螯栩栩如生，仿佛你一碰它，就会跳起来似的。构图简略，运墨功夫深厚，点染随意，颇得意趣，于平淡中见神韵。

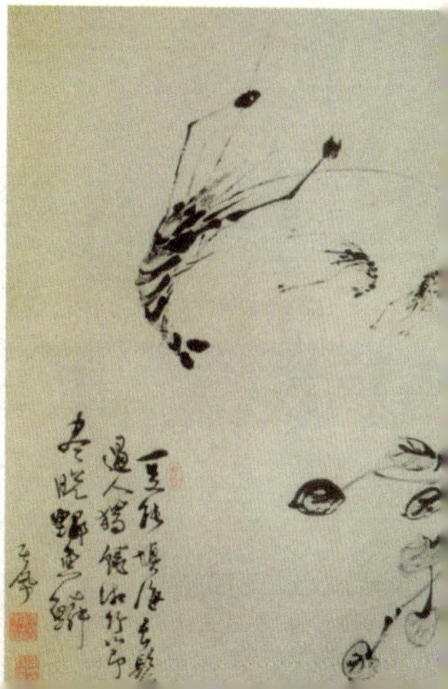

沧浪峡

许浑

缨带流尘发半霜①，独寻残月下沧浪。
一声溪鸟暗云散，万片野花流水香。
昔日未知方外乐②，暮年初信梦中忙。
红虾青鲫紫芹脆，归去不辞来路长③。

【难点疏通】

①流尘：飞扬的尘土。发半霜：头发已经花白。 ②昔日：从前。方外：世俗之外。 ③归去不辞：陶渊明有《归去来兮辞》，此化用文意。

【诗义解说】

帽子上的飘带沾满灰尘头发已经斑白，独自一人在残月下来到沧浪。溪边一声鸟叫浓重云彩已经散开，万片野花落在水上一片芬芳。从前不知道尘世之外的快乐，到了晚年才刚刚相信梦中的事情太忙。红色的大虾青色的鲫鱼紫芹菜十分脆嫩，从此不会推辞归隐未来的路更长。

明·陈栝《写生游戏图·荷虾》

陈栝，生卒年不详，约为明嘉靖时人，字子正，号沱江，江苏吴县（今江苏苏州）人，陈道复之子，工花鸟山水。《写生游戏图》共绘牡丹、兰花、玉兰、桃花、荷花、水仙等九种花卉，花间穿插飞燕、蝴蝶、鱼虾、鸳鸯等动物。这里选的是荷花鱼虾一段。水面荷叶田田，水草丰茂，蓼花披拂。水草中有鱼在游动，而调皮的虾则跳上荷叶，遂成为画的聚焦点。

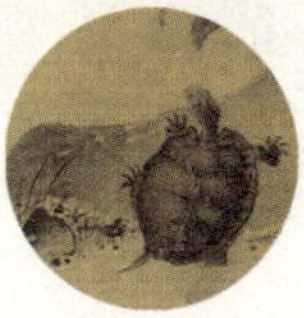

龟

放龟二首之一

司空图

却为多知自不灵①，今朝教汝卜长生②。
若求深处无深处③，只有依人会有情④。

【难点疏通】

①却为：反而因为。知：通“智”。 ②卜：占卜。长生：相传龟的寿命最长，《庄子·秋水》中说，楚国有一种神龟，死的时候已经有三千岁。 ③“若求”句：意谓无论多深的水里也会有人捉到，所以对于人来说没有所谓的深处。 ④“只有”句：只有依附于人，才会对你产生感情，不会害你。

【诗义解说】

反而因为多智却不灵验，今天我教你一条长生的道路。想要到深深的水下去却没有那样的深处，只有依附于人才会对你产生感情不会害你。

金·张珪《神龟图》

张珪，正隆年间人，工画人物，形貌端正，衣裙清劲，笔法从战掣中来，尤极生动。龟在古代为祥瑞之兽，与麟、凤、龙并称为“四灵”，外加白虎，又称“五瑞”。此图右下临水沙滩上绘乌龟一只，仰着脑袋，口中喷出一股云气，祥云中现出一轮红日，日中出现一个奇怪的字。衬景是广阔的水面和沙丘，使画面平添了神秘感。此图用笔工整细腻，龟之甲纹描画得一丝不苟。构图简洁，设色妍美。

龟

徐夤

行止竟何从[1]，深溪与古峰。
青荷巢瑞质[2]，绿水返灵踪[3]。
钻骨神明应[4]，酬恩感激重。
仙翁求一卦，何日脱龙钟[5]。

【难点疏通】

①行止：行踪。何从：到什么地方。 ②巢：居住，栖息。瑞质：祥瑞的本质。 ③灵踪：神秘的踪迹。 ④钻骨：钻刺龟甲并以火灼以卜吉凶。神明：神灵。应：回应。 ⑤龙钟：年老行动迟缓的样子。

【诗义解说】

龟的行踪应该在什么地方，深深的溪水与古老的山峰。青青的荷叶下栖息着它的祥瑞之质，碧绿的河水里看到了它的灵踪。钻骨占卜神灵就有回应，感谢它带来吉祥的信息因而受到重重的感恩。仙翁用龟甲求取一卦，什么时候才能脱去老态龙钟。

南宋·佚名《蓼龟图》

图上绘有红蓼、蒲草数株，从右下向左斜向出枝，花叶茂盛。右下角溪水坡石边小草野菊丛生，充满朝气，一只乌龟圆睁大眼，向坡上缓慢爬行。蓼花上还栖息着一只小虫。画面生动写实，全图用笔兼工带写，花叶的朝阳、斜侧和背向，龟的神态和动感，水的波纹等刻画均恰到好处。构图层次分明，动静结合，设色淡雅。

蛇

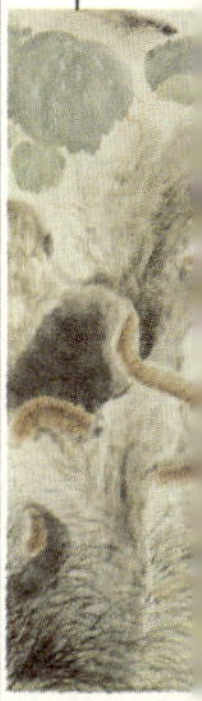

灵蛇见少林寺

李绅

琐文结绶灵蛇降①，蠖屈螭盘顾视闲②。
鳞蹙翠光抽璀璨③，腹连金彩动弯环④。
已应蜕骨风雷后⑤，岂效衔珠草莽间⑥。
知尔全身护昆阆⑦，不矜挥尾在常山⑧。

【难点疏通】

①琐文：指蛇身上连环的文彩。结绶：结成带子形状。 ②蠖：即尺蠖，虫名，体细长，行走时屈伸其体，像尺在量物。螭：古代文献中记载的一种无角龙。 ③鳞蹙翠光：蛇在扭动身子时闪动着翠绿的光。抽：展示。唐韩愈《别知赋》："物何深而不镜，理何隐而不抽。"璀璨：光彩夺目。 ④弯环：指蛇身上环形的花纹。 ⑤蜕骨：脱去凡骨。风雷：相传蛇在刮风下雨的时候脱胎换骨。 ⑥衔珠：据晋干宝《搜神记》："隋侯出行，见大蛇受伤，使人用药封裹。一年后，蛇衔明珠相报。" ⑦昆阆：昆仑、阆风。相传昆仑山有三角，正北名阆风巅，正东为昆仑宫。有巨蛇绕之，蛇长九万里。 ⑧不矜：不自恃。挥尾在常山：生活在常山的一种蛇，首尾能呼应相救。《孙子·九地》中讲用兵之法如常山之蛇，击其首则尾至，击其尾则首至，击其中则首尾并至。

【诗义解说】

身上带着花纹盘结如带子的灵蛇降落下来，像尺蠖那样伸屈像螭龙那样盘曲悠闲地回头看看。扭动着身子闪动着翠绿的光彩耀眼夺目，行动起来腹部上的环形花纹金色闪闪。它应该是在风雷之后已经脱胎换骨，哪里是在仿效衔着珍珠在草丛间。知道你全部身体都在护卫着昆仑仙山，不仅仅挥动着尾巴在那高高的常山。

清·华嵒《杂画》

图上山石耸立，山脚下长满了野草，小河边卧着一只青蛙，正全神贯注地盯着一只蜗牛。可青蛙不知道，一条巨大的蛇正从山洞里爬出，嘴里吐着信子，正欲扑向它，而它却浑然不觉。黑黑的山洞，凶猛的长蛇，使整个画面笼罩着一种恐怖气氛。构图大气淋漓，设色鲜明，线条流畅。

蝉

蝉

虞世南

垂緌饮清露①，
流响出疏桐②。
居高声自远③，
非是藉秋风④。

【难点疏通】

①垂緌（ruí）：“緌”是古人结在领下的帽带下垂部分，蝉的头部有伸出的触须，形状好像下垂的冠缨，故说“垂緌”。饮清露：古人认为蝉生性高洁，以饮露水为生。 ②流响：形容蝉的鸣叫声时间长。桐：梧桐，一种生长在南方的高大乔木。 ③居高：站在高处。 ④非是：不是。藉：凭借。

【诗义解说】

蝉的触须像帽带一样下垂，以清澄的露水为食，悠远绵长的鸣声传自那稀稀疏疏的梧桐。因为站得高所以发出的声音自然就远，并不是凭借那阵阵吹来的秋风。

清·袁耀《秋蝉螳螂图》

图上树枝分别向左上和左下伸出，向左上伸出的枝条上有一只螳螂正举着大刀向一只蝉扑去，显然蝉发现了敌人，所以它紧抱枝干，前腿弯曲，后腿用力蹬枝，做出惊慌逃跑的样子，而下面那只蝉则与之相反，正逍遥自在地享受着树上的甘露，一紧张一悠闲形成了鲜明的对比。刻画精细，色泽明艳自然，景物活灵活现。

在狱咏蝉[1]

骆宾王

西陆蝉声唱[2]，南冠客思侵[3]。
那堪玄鬓影[4]，来对白头吟[5]。
露重飞难进，风多响易沉[6]。
无人信高洁，谁为表予心[7]。

【难点疏通】

①唐朝仪凤三年，作者因多次上书指出朝廷的过失而得罪武则天，被关进监狱。这首诗是在狱中写的。 ② 西陆：指秋天。古人认为，太阳沿着黄道运行，运行到东方的时候就是春天，运行到南方的时候就是夏天，运行到西方的时候就是秋天，运行到北方的时候就是冬天。唱：这里指蝉的鸣叫声。 ③南冠：指囚犯。据《左传·成公九年》记载，有一次，晋侯视察军队，看到一位戴着南方帽子的人，问此人是谁，有人回答说，是郑国人献的楚国囚犯。因作者是南方人，又在坐牢，因此用“南冠”自称。客思：游子在外的思绪。侵：一写作“深”。 ④那堪：哪里忍受得了。玄鬓：古时妇女常把鬓发梳成蝉的样子，因此也叫“蝉鬓”；又因蝉的头部为黑色，因称“玄鬓”。这里指蝉。 ⑤白头：这里作者自指。 ⑥响易沉：响声容易被淹没。 ⑦予：我。作者自指。

【诗义解说】

秋天到了蝉在树上不停地鸣叫，引起了狱中人的思绪深深。哪里忍受得了黑色的鸣蝉，正对着白发苍苍的老人哀鸣。如今的我就像身上落满露水的蝉飞行起来十分困难，它的叫声又容易淹没在大风之中。没有人相信我人品的高洁，有谁能表达我清白的内心。

明·孙隆《花鸟草虫图》

池塘上波光粼粼，水面上水草点点，一株高大的蓼花挺立在池塘上。蓼花上落着一只蝉，它正安闲地吸食着花上的美味，投入而执着。花草和蝉直接用彩色随笔点染，用笔简洁而形神俱佳，并善于使用湿笔清染，使水草在水中浮动的朦胧形态毕现，表现了秋天色调的变化。

六月三日夜闻蝉 白居易

荷香清露坠①，柳动好风生②。
微月初三夜③，新蝉第一声。
乍闻愁北客④，静听忆东京⑤。
我有竹林宅，别来蝉再鸣⑥。
不知池上月，谁拨小船行。

【难点疏通】

①坠：滴落下来。 ②好风：清凉爽心的风。 ③微月：月亮刚刚有月牙。 ④乍闻：刚刚听到。北客：因白居易是北方人，现在在南方做官，故云“北客”，即客居南方的北方人。 ⑤东京：这里指洛阳。在唐朝，西安为西京，洛阳为东京。 ⑥别来：分别以来。

【诗义解说】

荷花散发出淡淡的清香清澈的露水在滴落，柳树婆娑起舞送来一阵凉爽的风。初三的月亮刚刚有个月牙，这时听到了今年蝉的第一次叫声。刚一听到的时候让我这个北方人产生了一阵愁绪，再仔细听听使我回忆起了东京。那里有我周围环绕竹林的宅子，分别以来那里的蝉也该同时啼鸣。不知道月光下的小池上，是谁坐着小船在池上划动。

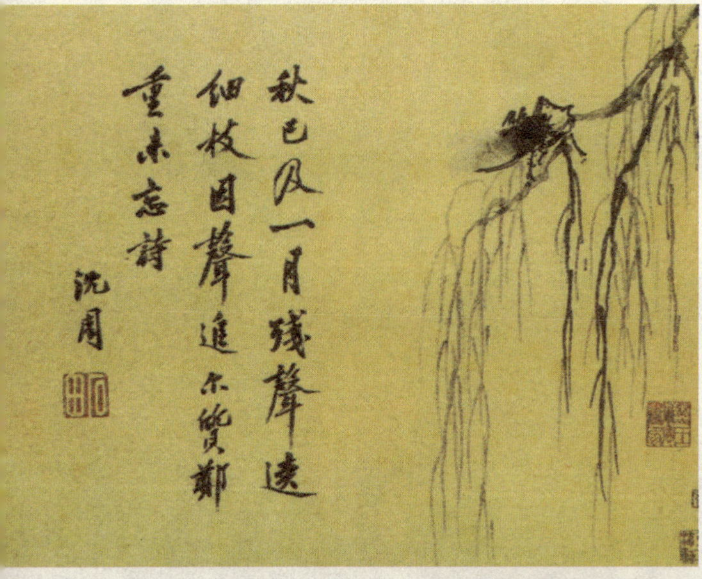

明·沈周《秋柳鸣蝉图》

沈周（1428～1509），号石田，江苏苏州人，擅长山水、鸟兽，后人把他与唐寅、仇英、文徵明并称为“明四家”。此图从右上角垂下一株柳枝，柔软的枝条披拂而下，飘逸而轻盈。枝上一只鸣蝉正扇动着翅膀，我们仿佛听到了它发出的绵长而悠远的叫声。上有题诗一首：“秋已及一月，残声远细枝。因声追尔质，郑重未忘诗。”这是一幅水墨写意画，用笔洗练放逸，生动传神，是我国绘画中文人写意画的典型画法。

蝉

李商隐

本以高难饱①，徒劳恨费声②。
五更疏欲断③，一树碧无情④。
薄宦梗犹泛⑤，故园芜已平⑥。
烦君最相警⑦，我亦举家清⑧。

【难点疏通】

①高难饱：古人误认为蝉以饮清露为生，因生活在高树上，没有充足的露水供其食用，故说在高处吃不饱。 ②徒劳：白白地。恨费声：可恨的是声音浪费了。 ③五更：古人把一夜分成五个更次，五更是天快亮的时候。疏欲断：蝉的鸣声稀疏快要断绝。 ④“一树”句：抱怨碧树对蝉的鸣叫无动于衷。 ⑤薄宦：卑小的官职。梗犹泛：这里引用《战国策》里讲的一个故事。桃木人对泥人说：“你不过是河西岸边的土，把你做成泥人。等到八月阴雨连绵，河水上涨，你就完了。”泥人说：“不对，我完了不过还是西岸之土，可你不过是东园里的桃树枝，把你刻成人形。等到河水涨起来，把你顺水漂去，你将漂到哪里去呢？”后人便以“桃泛”比喻漂泊不定的生活。 ⑥芜已平：荒芜得快没了路径。 ⑦君：指蝉。最相警：意谓蝉的鸣声最能触动自己的身世之悲。 ⑧举家清：一室空无所有，一贫如洗。

【诗义解说】

蝉生活在高高的树上本来就难以饱腹，遗憾的是白白地浪费了不停的叫声。到天快亮时声音快要断绝，可那一树的碧绿却一点也不为之动情。我做个收入微薄的小官到处漂泊不定，我的家园已长满野草掩蔽了路径。麻烦的是你的鸣声引起我身世之悲，因为我也跟你一样全家四壁空空。

五代·黄筌《写生珍禽图》

黄筌，字要叔，四川成都人，善画花鸟，画风富丽精工，对北宋及以后花鸟画有很大影响。这幅作品共描绘昆虫禽鸟等动物二十多种，造型准确，姿态各异：有的飞翔，有的静立，有的展翅，生动活泼。昆虫小者若豆粒却形象逼真，羽毛、鳞甲都有很强的质感。图中描写的动物没有统一布局，各自独立存在，是一幅写生作品。画面设色柔和，笔法精细，体现了作者纯熟的绘画技巧。左上角为两只蝉。

咏蝉

于武陵

江头一声起①，芳岁已难留②。
听此高林上③，遥知故国秋④。
应催风落叶，似劝客回舟。
不是新蝉苦，年年自有愁。

【难点疏通】

①江头：江边。 ②芳岁：美好的一年。 ③高林：高树。 ④故国：故乡。

【诗义解说】

江边上蝉的鸣叫声响了起来，美好的一年已再难挽留。听到高高的树上蝉的鸣叫，才知道遥远的故乡已经到了金秋。一声声蝉鸣似秋风吹动着落叶，好像在劝说在外的游子掉转船头。不是今年的新蝉叫声格外凄苦，而是人们的愁绪年年都有。

清·华嵒《花鸟草虫图》

这是一幅构思奇特的绘画。秋天到了，树叶开始变黄，树干上的树叶所剩无几。一片树叶正飘飘而下，有趣的是这片飘落的树叶上还落着一只鸣蝉。树上一条蜥蜴正眼望着那片飘落的树叶，有一种失落感。旁边还有一只蜜蜂向落叶飞来。此幅作品连工带写，运用自如，颜色搭配合理，气氛渲染到位。

蝉

徐夤

寒鸣宁与众虫同①，翼鬓緌冠岂道穷②。
壳蜕已从今日化③，声愁何似去年中。
朝催篱菊花开露，暮促庭槐叶坠风。
从此最能惊赋客④，计居何处转飞蓬⑤。

【难点疏通】

①宁与：怎么可以跟。 ②翼鬓：蝉的翅膀如人梳的鬓发，这里指蝉。緌冠：蝉的触须如古人帽上的带子，这里指蝉。岂道穷：哪里是因为走到了穷途末路。 ③壳蜕：蝉卵变蛹，蛹经过蜕化后才能变成蝉。化：蜕化。 ④赋客：做文章的人。这里是作者自指。⑤计居：计划居住的地方。飞蓬：本指干枯后根断遇风飞旋的蓬草，后来用以比喻漂泊不定的生活。

【诗义解说】

在寒冷的秋风中鸣叫怎能与其他虫子一样，哪里是蝉这种动物走到了末路穷途。今天的蝉是经过蜕化后产生的新蝉，可它那愁苦的叫声跟去年是多么相同。早晨催促着篱笆边的菊花带着露水盛开，晚上又催促着庭院里的槐树叶坠落空中。这是最能使诗人惊心的事情，不知应该定居在什么地方四处漂泊就像飞蓬。

清·李鱓《花卉图册·蝉》

此图绘一枝苍劲的柳树蟠曲伸展，从上垂下数枝柳丝。在一根细枝上落着两只蝉，正在振翅鸣叫。此图信笔写来，但形象生动逼真。蝉用工笔描绘，真实自然；叶则先勾后涂色，干则用墨笔渲染，一派天趣。

闻蝉感怀　贾岛

新蝉忽发最高枝①，
不觉立听无限时②。
正遇友人来告别，
一心分作两般悲③。

【难点疏通】

①忽发：突然鸣叫。 ②无限时：很长时间。 ③两般悲：两种悲伤，指听到蝉鸣感到悲伤，朋友离别又一悲伤。

【诗义解说】

忽然听到新蝉在树的最高处发出鸣叫，不由得站在那里听了很长时间。又遇到好朋友前来告别，一颗心感到了两种悲伤。

清·蒋廷锡《柳蝉图》

蒋廷锡（1669～1732），江苏常熟人，擅长花鸟，曾画过《塞外花卉》七十种，被视为珍宝收藏于宫廷。曾重新编校《古今图书集成》。此图以秋风萧瑟中两只寒蝉为题，用逸笔写出。写意工笔兼用，刻画准确，墨中略加赭石色，点叶舒放自然，体现了一种野趣。

鸣蜩早[1]

陆龟蒙

闲来倚杖柴门口[2]，
鸟下深枝啄晚虫[3]。
周步一池销半日[4]，
十年听此鬓如蓬[5]。

【难点疏通】

①蜩：蝉。 ②倚杖：拄着拐杖。 ③晚虫：深秋时节的昆虫。 ④周步一池：绕着池塘走了一圈。销：消磨，消耗。 ⑤鬓如蓬：鬓发如蓬草一样散乱。

【诗义解说】

闲来无事拄着拐杖来到柴门口，看到鸟儿从浓密的树丛中飞下来啄食晚秋的虫。沿着池塘边走一圈消磨了半天的时光，十年来听着蝉的叫声已使我的鬓发纷乱如蓬。

清·任薰《梧桐知了图》

任薰（1835～1893），自幼喜爱绘画，为清朝画家"四任"之一，绘画兼工人物、花鸟、山水、肖像、仕女，画法博采众长，面貌多样，富有新意。这幅《梧桐知了图》颇能代表他的画风。梧桐叶子几乎落尽，残叶变红，两只知了戏于其间。一只飞来，我们似乎听到了飞行的声音；另一只用腿撑叶挂在枝头上，给秋天增添了不少生机。构图以疏广取胜，枯枝交错，疏疏落落，残叶卷起，更显出凄清的气氛。刻画细腻，设色浓艳而古朴，彰显自然气息。

蝶

秋蝶

白居易

秋花紫蒙蒙①，秋蝶黄茸茸。
花低蝶新小，飞戏丛西东②。
日暮凉风来③，纷纷花落丛。
夜深白露冷④，蝶已死丛中。
朝生夕俱死，气类各相从⑤。
不见千年鹤，多栖百丈松。

【难点疏通】

①蒙蒙：茂盛。 ②飞戏：飞来飞去地戏耍。 ③日暮：天黑了下来。 ④白露：秋天的露水。 ⑤气类：气质相同的事物。

【诗义解说】

秋天里紫色的花儿正开得茂盛，秋天黄茸茸的蝴蝶十分好看。花儿低垂新生的蝶儿也有些娇小，飞来飞去戏要在花丛西东。天色渐黑凉风习习吹来，纷纷落在盛开的花丛。夜深了秋天的露水显得有些寒冷，可怜的蝶儿已死在花丛之中。早晨出生晚上就都已死去，性质相同的事物一样的生活习性。君不见寿命千年的仙鹤，大多栖息在百丈高的苍松。

南宋·佚名《山茶蝴蝶图》

图中一束盛开的山茶花，花素雅而叶葱郁，相映生辉。一只彩蝶款款飞来，正要落在花上。画用笔工细，花用艳彩绘出，再用细笔勾描花瓣以表示层层叠叠的姿势；花茎运笔劲挺，稍事渲染，突显质感；叶的阴阳、正反、翻卷，花的含苞、半开、盛开均细细描绘；蝴蝶用墨彩直接绘出，动静交融，意趣横生。

蝶

李商隐

初来小苑中[1]，稍与琐闱通[2]。
远恐芳尘断[3]，轻忧艳雪融[4]。
只知防皓露[5]，不觉逆尖风[6]。
回首双飞燕，乘时入绮栊[7]。

【难点疏通】

①小苑：小花园。 ②琐闱：刻有连琐图案的皇宫里的旁门。 ③远恐：最怕的是。芳尘：美好的时光。断：断绝。 ④轻忧：淡淡地担忧。艳雪：指蝴蝶翅膀上的粉。 ⑤皓露：白露。皓，白。 ⑥逆：迎着，遇到。尖风：寒冷的风。 ⑦乘时：乘机，趁时。绮栊：漂亮的笼子。

【诗义解说】

刚刚来到城边的小花园里，又从大门飞进宫中。最怕的是美好的时光很快完结，又担心身上的美色消融。只知道预防寒冷的白露，不知不觉又遇上了凌厉的风。回头看看双双飞翔的燕子，及时地钻进了美丽的帘栊。

南宋·佚名《青枫巨蝶图》

画的左面有一株枫树，枝叶婆娑，右上方有一只赭黄色巨蝶凌空飞临，随着巨蝶的飞行方向，把观者的目光引向画面的左方，使巨蝶与枫叶构成平衡的对角关系。由于蝴蝶过于巨大，让人似乎感觉到枫树都有些摇动。细线勾勒，笔若游丝，使蝶与枝叶的形态皆极轻倩灵秀；设色淡雅明快，红、绿、黄对比鲜明，给人以清新出尘之感，不落浓艳俗套。

蝶

李商隐

孤蝶小徘徊[1]，
翩翾粉翅开[2]。
并应伤皎洁[3]，
频近雪中来[4]。

【难点疏通】

①小：稍微。 ②翩翾：轻飞的样子。 ③伤皎洁：为自己的纯洁而感伤。意谓因自己的高洁而遭到别人的中伤。 ④频近：屡次地靠近。

【诗义解说】

一只蝴蝶在轻盈地飞来飞去，轻轻地展开带粉的翅膀。应该感伤的是自己的纯洁高尚，因此不断遭受到霜雪的打击而恐慌。

明·陈洪绶《红花蝴蝶图》

湖边的巨石层层叠叠由左向右上方伸出，石下的一束鲜花沿同一方向伸展，叶片硕大，红花艳丽，婆娑多姿。一只蝴蝶似乎嗅到了花朵的芬芳，从右向左，扑向花朵。正是因为这只蝴蝶，才保持了画面的平衡。鲜花和蝴蝶运笔工整细腻，山石勾皴粗放，再用浓墨点苔，使湖石玲珑多姿。

蛱蝶

吴融

两两自依依，南园烟露微[1]。
住时须并住[2]，飞处要交飞[3]。
草浅忧惊吹[4]，花残惜晚晖。
长交撷芳女[5]，夜梦远人归。

【难点疏通】

①烟露：烟雾和露水。微：稀薄。 ②并住：住在一起。 ③交飞：一同飞。 ④忧惊吹：担忧突然吹来的风。 ⑤撷（xié）芳：采摘芳草。

【诗义解说】

蝴蝶成双成对相依相恋，南园的雾气已经变得稀微。它们休息的时候便一同休息，飞行的时候则一同飞。野草浅浅担心突然吹来一阵狂风，花败落的时候惋惜晚上的余晖。因经常与采摘芳草鲜花的女子接触，到了晚上便梦到了远方的亲人来归。

明·吕敬甫《草虫图册》

吕敬甫，生卒年不详，江苏苏州人，擅长山水花鸟。画中间有一株盛开的虞美人，花有粉有黄，有的已经盛开，有的则含苞欲放，在嫩绿的叶子衬托下格外鲜艳。一群蝴蝶围绕着这株鲜花飞来飞去，蝴蝶有黑，有蓝，有黄，有白，颜色各异，十分生动。观者似乎嗅到了花的芬芳，感觉到了蝴蝶扇动翅膀的声音。从右上伸出一枝杏花，下方还有两株草花，对中间的虞美人起到了很好的陪衬。整幅画面用笔工细，色泽艳丽，极富装饰性。

蝴蝶三首之二 徐夤

苒苒双双拂画栏①，
佳人偷眼再三看②。
莫欺翼短飞长近③，
试就花间扑已难④。

【难点疏通】

①苒苒：柔弱的样子。画栏：画有图案的栏杆。 ②佳人：年轻漂亮的女子。偷眼：偷偷地看上一眼。 ③莫欺：不要欺骗。长近：常常靠近。 ④试就：试着靠近。

【诗义解说】

轻柔翩翩的蝴蝶成双成对拂着画栏，天真的姑娘在旁边偷偷地看了一遍又一遍。不要以为蝴蝶的翅膀短小又飞得很近，可试着向花间靠近想扑捉已经很难。

宋·赵昌《写生蛱蝶图》（局部）

赵昌，生卒年不详，字昌之，广汉（今属四川）人，一作剑南（今四川剑阁之南）人，工书，擅画花果，多作折枝花，兼工草虫。《写生蛱蝶图》是一幅描写秋天野外风物的写生画，在构图布局上，画家有意在画面上方留下很大空白，景物多集中在画面的下部，将野菊、霜叶、荆棘和倾伏的芦苇等布置得错落有致。在晴空中有三只美丽的彩蝶正在翩翩飞舞，一只蚱蜢向上观望，把秋日原野的高旷清新、风物宜人的景色，描绘得十分动人。作品用笔劲道，逼真传神，设色清丽典雅，清劲秀逸。花卉用笔简率，变化自然；蚱蜢和蝴蝶用笔十分精确，渲染出不同质感。这是局部的两只蝴蝶。

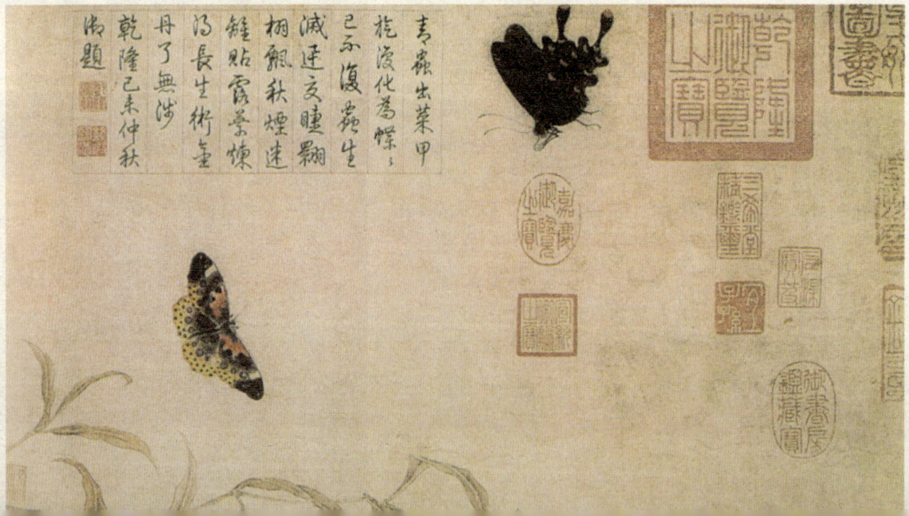

蝴蝶三首之三　徐夤

栩栩无因系得他[1]，
野园荒径一何多[2]。
不闻丝竹谁教舞[3]，
应仗流莺为唱歌[4]。

【难点疏通】

①栩栩：微动，徐徐。无因：没有办法。②一何多：那么的多。③丝竹：指音乐。④仗：依仗。

【诗义解说】

蝴蝶轻轻飞动没有办法捉到它，野外的小园荒僻的路径有那么多。没听见音乐声是谁教你翩翩起舞，应该是依仗流莺在为你唱歌。

清·顾仲清《罗浮仙蝶图》（局部）

顾仲清，字成三，浙江嘉兴人，擅长人物、花鸟，尤工画蝶。这幅图分前后两段，前段为顾仲清所画，后段为徐令所画，这里选的是前段。画上彩蝶翩翩飞舞，蝴蝶纯用工笔，翅膀上的纹理、斑点、触须纤毫毕现。天空不做任何修饰，只是通过蝴蝶的飞舞展现了广阔的空间，构思巧妙。

蝶

李建勋

粉蝶翩翩若有期①，南园长是到春归②。
闲依柳带参差起，困傍桃花独自飞③。
潜被燕惊还散乱④，偶因人逐入帘帏⑤。
晚来欲雨东风急，回看池塘影渐稀。

【难点疏通】

①若有期：好像事先有约定。 ②长是：总是这样。 ③困：疲惫。 ④潜：隐藏，隐蔽。 ⑤帘帏：挂在门上的帘幕。

【诗义解说】

粉蝶翩翩飞来像是早有约定，南花园里总是一到春天它就回归。闲来无事随着柳丝上下飞动，疲惫的时候就围着桃花独自翻飞。有时被隐藏的燕子惊动到处乱飞，偶而受到人的追逐飞进屋帏。夜晚到来快要下雨东风刮得很急，回头看看池塘影子已有些模糊。

南宋·佚名《晴春蝶戏图》

图中绘有大小不一、色泽不同、形态万千的蝴蝶蹁跹起舞，好像闻到了晴明春季里的百花浓香，因而兴致极高，上下飞舞。妙的是还有一只小黄蜂忙不迭飞出这支队伍，蝶翅扇起的风使它有些跌跌撞撞。设色艳丽，十分细腻。

蛱蝶行

卢频

东园宫草绿①，
上下飞相逐②。
君恩不禁春③，
昨夜花中宿。

【难点疏通】

①宫草：长在皇宫里的草。 ②相逐：一个跟着一个飞。 ③君恩：皇帝的恩德。

【诗义解说】

长在皇宫东园里的草已经泛出了绿色，时而上时而下你追我赶相伴而飞。皇帝的恩德不禁止春天的到来，昨天夜晚就在宫中花里歇息。

清·樊圻《花蝶图卷》

樊圻（1611～？），字会公、洽公，江苏南京人，善绘山水、人物、花鸟，画风恬淡清雅。图中水边罂粟一红一白，鲜艳无比，格外耀眼，旁有一石，玲珑剔透。一只彩色蝴蝶大概是闻到了花的芬芳，急不可待地向花飞去。河的对岸山石耸立，石旁芊草披拂，草上一白蝴蝶正翩翩飞翔。整幅画面山清水秀，犹如仙境。蝴蝶用笔细腻，形神毕肖；花草摇曳生姿，可谓匠心独具。

秋蝶 罗邺

似厌栖寒菊①，
翩翩占晚阳②。
愁人如见此③，
应下泪千行。

【难点疏通】

①似厌：似乎厌恶。栖：栖息。 ②晚阳：晚秋的阳光。 ③愁人：心有愁绪的人。

【诗义解说】

好像讨厌栖息在寒冷的菊花之上，翩翩飞舞追逐着晚秋的阳光。心有忧愁的人如果见到这种情景，应该流下热泪千行。

南宋·佚名《菊丛飞蝶图》

图中各种颜色的菊花簇拥在一起，姹紫嫣红，争奇斗艳。一只蝴蝶从左上方飞来，还有一只蜜蜂从右下方飞来，另有一只蝴蝶早已紧紧抱住红菊在尽情吸吮，极度状写了花的香气浓烈。精于设色，鲜花浓淡过渡自然，叶用黄绿、深绿、浅绿等色搭配，以区分正反向背。左上方的蝴蝶用黑、白、褐三色渲染，尤其是黑白交错，极富跳跃感。

赵璘郎中席上赋蝴蝶

郑谷

寻艳复寻香，似闲还似忙。
暖烟沉蕙径①，微雨宿花房。
书幌轻随梦②，歌楼误采妆③。
王孙深属意④，绣入舞衣裳。

【难点疏通】

①蕙径：长满蕙草的小路。蕙，一种香草。 ②书幌：遮书的帷帐，也指书房。轻随梦：像庄周梦蝶一样轻轻进入梦境。 ③歌楼：古代的娱乐场所。误采妆：据《开元天宝遗事》："都中名姬楚莲香者，国色无双，时贵门之弟争相诣之。莲香每出，则蜂蝶相随，盖慕其香也。"意谓蜂蝶误将其彩妆当成了鲜花。 ④王孙：贵族子弟。属意：倾心。

【诗义解说】

寻找艳丽的鲜花又寻找浓郁的香气，看上去好像轻闲又好像很忙。温暖的气息笼罩在长满蕙草的小路，下了一阵小雨都歇息在花朵之上。书房里蝴蝶轻轻随着进入梦乡，歌楼上误把华丽的衣服当成了花香。贵族子弟对她深深地倾心，把他们的心意绣进了舞蹈的衣裳。

明·陈洪绶《蝶戏落花图》

图中水流潺潺，沙洲延伸到水中，水面落花纷飞，一只巨大的彩蝶凌空而至，说明鲜花散发出缕缕香气，才吸引了蝴蝶的飞临。蝴蝶刻画得十分逼真，再用焦墨皴擦，即使纤细的茸毛也十分清晰。构图以简胜繁，质感极强。

蜂

芳树

沈佺期

何地早芳菲，宛在长门殿①。
夭桃色若绶②，秾李光如练③。
啼鸟弄花疏④，游蜂饮香遍。
叹息春风起，飘零君不见。

【难点疏通】

①宛在：好像在。长门殿：汉朝宫殿名，汉武帝陈皇后失宠后曾居此。 ②夭桃：桃子长得茂盛。《诗经·召南·灼灼其华》：“桃之夭夭，灼灼其华。”绶：彩色丝带。 ③秾李：李子结得多。练：白色素绢。 ④弄：玩赏。

【诗义解说】

什么地方这么早就百花盛开，就好像在京城的长门殿。茂盛的桃花颜色就像红红的绶带，繁密的李花其光如白色的细绢。鸟儿鸣叫着在疏疏的花丛中玩耍，飞行的蜜蜂把香花饮遍。可叹的是春风来得过早，花儿凋零您没有看见。

清·任颐《花鸟册》

图上的玉簪花黄白相间，竞相开放，叶茎横托花朵，给人以稳定之感。一只蜜蜂闻香飞来，翅的抖动，迷离成两把小扇，写出了蜜蜂的急切，突显出花的香气浓烈。全图布局动静交融，设色艳而不媚，透出古朴风格。

奉和立春日侍宴内出剪彩花应制

宋之问

金阁妆新杏①，琼筵弄绮梅②。
人间都未识，天上忽先开。
蝶绕香丝住③，蜂怜艳粉回。
今年春色早，应为剪刀催④。

【难点疏通】

①金阁：金色的殿阁，指皇宫。妆：装点，摆上。 ②琼筵：豪华的宴席。弄：出现。绮梅：有光泽的梅果。 ③香丝：带有香味的丝线。 ④剪刀：因剪彩花要用剪刀，因而形容春天好像用剪刀催出来的一样。

【诗义解说】

金色的殿阁上摆上了新鲜的杏花，绮丽的梅花出现在了华美的宴席上。这些人间还都没有看见，在天上却突然先已开放。蝴蝶绕着香气四溢的丝线不肯离去，蜜蜂喜爱艳丽色彩而来来往往。今年的春天比往年要来得早，那应该是剪刀剪出了一片春光。

清·吴应贞《荷花图轴》

吴应贞，字含玉，江苏吴江（今苏州市）人，著名女画家，擅长写生。此图绘荷塘中，田田荷叶衬托着红色荷花，有的已经盛开，有的含苞待放，有的则已结出了莲蓬。有鱼儿在莲叶间嬉戏，水草在随着水波动荡。有蜜蜂闻香而来，嗡嗡之声不绝于耳，动静交融，妙趣横生。此图设色清丽，有工有写，让人有如临其境之感。

寒蜂采菊蕊

耿湋

游飏下晴空①，寻芳到菊丛②。
带声来蕊上，连影在香中。
去住沾余雾，高低顺过风③。
终惭异蝴蝶，不与梦魂通④。

【难点疏通】

①游飏：轻盈飘动。 ②寻芳：寻找鲜花。 ③过风：通风。 ④“终惭”两句：战国时人庄周，梦见自己变成了蝴蝶。这两句是说，惭愧的是蜜蜂跟蝴蝶不一样，不能进入人们的梦中。

【诗义解说】

蜜蜂轻轻盈盈从晴朗的天空飞下来，寻觅鲜花的芬芳来到菊花丛。带着嗡嗡声落到了花蕊之上，连同它的影子也淹没在香气之中。时而飞时而停身体沾着余下的残雾，时而高时而低随着吹过的风。到头来感到惭愧的是跟蝴蝶不一样，总也不能与人们的梦境相通。

清·髡残《秋实豆荚图》

髡残（1612～1673），俗姓刘，字介丘，湖南常德人，诗文书画样样精通，尤擅山水，为“清初四大画僧”之一。图绘秋风中一株豆荚迎风而立，叶片宽大，叶已经有些发黄，上面虫蚀的痕迹清晰可见。豆荚浓绿饱满，豆粒几乎都要崩了出来，还有一株嫩枝从顶部伸出。一定是豆子的芳香散发出来，吸引了蜜蜂的注意，它展翅飞来，饥渴之状被刻画得淋漓尽致。整幅画运笔工整，细致入微，叶的筋脉、花的形态，甚至蜜蜂的触须都赫然纸上，十分逼真。

蜂

李商隐

小苑华池烂熳通①，
后门前槛思无穷。
宓妃腰细才胜露②，
赵后身轻欲倚风③。
红壁寂寥崖蜜尽④，
碧帘迢递雾巢空⑤。
青陵粉蝶休离恨⑥，
长定相逢二月中⑦。

清·蓝涛《杂画册》

蓝涛，生卒年不详，浙江杭州人，以山水、花鸟见长。此图鲜花簇拥在一起，有红有粉，在绿叶的衬托下，一片烂漫，缕缕香气扑鼻而来。正是这香气，一群蜜蜂嘤嘤嗡嗡向花飞来。蜜蜂形态虽然很小，但十分清晰，就连蜜蜂的细腿也看得清清楚楚。构图上，花从左下开始，向右伸出，蜜蜂则自左上向右下飞来，设计精巧，匠心独具。

【难点疏通】

①烂熳：杂乱。 ②宓妃：相传是伏羲氏之女，溺死洛水，号为洛神。曹植离京回封国途中，宿于洛水边，梦见甄氏来相会，遂作《洛神赋》。腰细：曹植《洛神赋》说宓妃“腰如约素”。 ③赵后身轻：赵后指汉成帝之妃赵飞燕。据《三辅黄图》，成帝与飞燕泛舟太液池，每轻风至，飞燕都要随风入水，成帝便用丝绳拴在飞燕身上。 ④红壁：红色的山壁。寂寥：冷落萧条。崖蜜：即石蜜，多在石壁之上，味浓色绿，优于别的蜜。 ⑤迢递：遥远的样子。 ⑥“青陵”句：据干宝《搜神记》，大夫韩凭娶一美妻，南朝宋康王欲夺之，韩凭因怨恨而自杀。其妻暗中把衣服弄腐烂，与王登青陵台，自投台下，左右揽之，着手后化为蝴蝶。离恨，离别之恨。 ⑦长定：长期约定。

【诗义解说】

蜜蜂在小小的花园美丽的池塘中胡乱地飞，看看后门看看前门似乎思念无穷。像宓妃一样的细腰刚能承受露水，像赵飞燕那样体态轻盈欲靠着风飞行。红色的崖壁上一片萧条石蜜已被采光，距离养蜂人家遥远雾中的巢穴已经空空。青陵台上的蝴蝶不要怀有离别之恨，跟你长期约定相逢在二月之中。

蜂

罗隐

不论平地与山尖①，
无限风光尽被占②。
采得百花成蜜后，
为谁辛苦为谁甜。

【难点疏通】

①不论：不管。 ②占：遍布。

【诗义解说】

不管是平地上还是高高的山尖，无尽的美好风光都被蜜蜂占满。采来百花酿成蜜后，你这是为谁在辛苦又为谁带去甘甜。

南宋·佚名《丁香飞蜂图》

由于花香的吸引，两只蜜蜂正展开翅膀急匆匆地向花枝飞去，从它用力后蹬的长腿和频繁扇动而略显发虚的翅膀来看，足见蜜蜂的急切和香气扑鼻诱人。丁香花的着色虽淡雅却十分逼真，并且花的姿态各异，交错而不凌乱。

螳螂

溪亭　许浑

溪亭四面山，横柳半溪湾①。
蝉响螳螂急②，鱼深翡翠闲。
水寒留客醉，月上与僧还③。
犹恋萧萧竹④，西斋未掩关⑤。

【难点疏通】

①半溪湾：水湾的一半被柳树覆盖着。 ②“蝉响”句：用“螳螂扑蝉”的成语。 ③月上：月亮升上来。 ④萧萧：稀疏。 ⑤斋：房舍。掩：关。关：门。

【诗义解说】

小溪边的亭子四面环绕着群山，茂密的柳树覆盖了半个水湾。蝉叫起来螳螂急急忙忙奔了过去，鱼儿游到深深的水下翡翠也显得清闲。溪水寒冷留下客人一饮而醉，月亮升了上来和僧人一起归还。仍然留恋着扶疏的翠竹，西边的房舍柴门还没有关。

明·孙隆《花鸟草虫图》

一枝蓼花从右向左上伸出，蓼叶用浓墨绘出，中间有点点红花，错落又有风致。蓼花后还有数株野草，婆娑伸展，线条流畅。顺着蓼枝，人们的视线被引向站在顶端的螳螂，它两只警觉的眼睛正注视着前方，翘起的尾部在告诉人们，它发现了猎物，正要扑上去。全图疏密有致，墨色浓淡相间，给人一种生气勃勃的感觉。

蜻蜓

曲江二首之二

杜甫

朝回日日典春衣①，每日江头尽醉归②。
酒债寻常行处有，人生七十古来稀。
穿花蛱蝶深深见③，点水蜻蜓款款飞④。
传语风光共流转⑤，暂时相赏莫相违⑥。

【难点疏通】

①朝回：上朝回来。典春衣：典当春天穿的衣服。 ②江头：江边。 ③深深见：时隐时现。 ④款款：缓缓。 ⑤传语：转告。共：指春光、蛱蝶、蜻蜓一起。流转：流动转移。 ⑥莫相违；不要错过了时机。

【诗义解说】

上朝回来天天都要典当春天穿的衣服，每天都在曲江边上喝醉了才回来。欠下的酒债到处都是，人活到七十岁从古以来就很少有。花丛中飞来飞去的蝴蝶时隐时现，点水的蜻蜓在慢慢地飞。转告蝴蝶和蜻蜓要和春光一同流转，暂时来欣赏这大好时光不要错过机会。

清·华嵒《杂画册》

一株丝瓜藤从左上婆娑而下，充斥了整幅画面，叶片很大，一根丝瓜长而弯曲，鲜嫩欲滴。一只蜻蜓落在上面，翅膀张开，正自得其乐。而上方的螳螂正歪着头密切注视着它，看它蜷曲着身子，伸出腿，举起双刀，正等待着时机一跃而出。此图颜色鲜丽，布局匀称，堪称佳品。

卜居

杜甫

浣花流水水西头[1]，主人为卜林塘幽[2]。
已知出郭少尘事[3]，更有澄江销客愁[4]。
无数蜻蜓齐上下，一双鸂鶒对沉浮。
东行万里堪乘兴[5]，须向山阴上小舟[6]。

【难点疏通】

①浣花：即浣花溪，在成都西城外，杜甫的草堂就建在溪水之西。 ②主人：杜甫自指。 ③出郭：到城外。尘事：俗事。 ④澄江：清澈的江水。销：消除。 ⑤万里：指万里桥，在浣花溪之东，去东吴一般从这里上船。堪：可以。 ⑥山阴：即今浙江省绍兴市。

【诗义解说】

在浣花溪水的西岸边，主人在那清幽的地方建茅屋。本来就知道来到郊外就会少了许多俗事，还有清澈的江水可以消去客居他乡的忧愁。这里有无数的蜻蜓上下飞舞，还有一对鸂鶒时沉时浮游戏于江流。在万里桥边乘着兴致可以东行，想去东吴的山阴就从这里登上小舟。

清·黄慎《花鸟草虫册》

图中有两株花草纠缠在一起，显出一派盎然生机，花或开或闭或向或背，虽草草画来，却形态逼真。一只蜻蜓双目圆睁，双翅轻展，款款向鲜花飞来。翅用淡墨渲染，于边缘处呈迷离状态，让人似乎能感受到翅膀的扇动。画面虽简约却纯净。

蜻蜓　韩偓

碧玉眼睛云母翅①，
轻于粉蝶瘦于蜂。
坐来迎拂波光久②，
岂是殷勤为蓼丛③。

【难点疏通】

①云母：一种矿物，透明，有玻璃光泽。　②坐来：正是因为。迎拂：迎着轻拂。　③殷勤：关注。

【诗义解说】

蜻蜓有一双碧玉般的眼睛云母一样的翅膀，比蜜蜂还要瘦比粉蝶还要轻。在波光之上来来回回飞了很长时间，哪里仅仅是关心着蓼花丛。

清·牟义《杂画册》

一湾池塘，波光微荡，清澈见底，水草似在随水的动荡而游移。水面上有一束浮萍，三两小花点缀其间，一只硕大的蜻蜓款款飞来，直奔水面。一时间，浮萍、水草共同烘托出蜻蜓点水的情景。此图设色浓淡适宜，明艳清疏，刻画精细入微。蜻蜓的翅膀、眼睛，尾巴上的纹理，无不纤毫毕现。

蟋蟀

促织[1]

张乔

念尔无机自有情[2]，迎寒辛苦弄梭声[3]。
椒房金屋何曾识[4]，偏向贫家壁下鸣。

【难点疏通】

①促织：即蟋蟀。 ②机：织布机。 ③梭：织布的梭子。 ④椒房：屋内涂花椒的房子，以取其香，泛指后妃居住的房屋。金屋：华贵之屋。汉武帝小时，长公主抱小女于膝上，问他想娶妇否，他说想娶。长公主指左右百余人，皆不用。后指自己小女问：“阿娇好不？”他笑说：“若得阿娇作妇，当作金屋贮之。”

【诗义解说】

考虑到你虽然没有织机但却有情，迎着寒风辛辛苦苦地弄着梭子发出声音。那些高贵华丽的地方哪里见到过你的身影，偏偏向贫民家屋壁下长鸣。

元·坚白子《草虫图》

坚白子，生卒年不详，书法绘画俱佳。此图画天牛、夏蝉、金龟子、壁虎、蟋蟀、蟾蜍、蜗牛等草虫七种，每物旁录苏轼题《雍秀才所画五言诗》一首。图中草虫用淡墨勾染，用笔工细。此是坚白子绘画传世的孤本，也是元代草虫画留传至今的唯一作品。

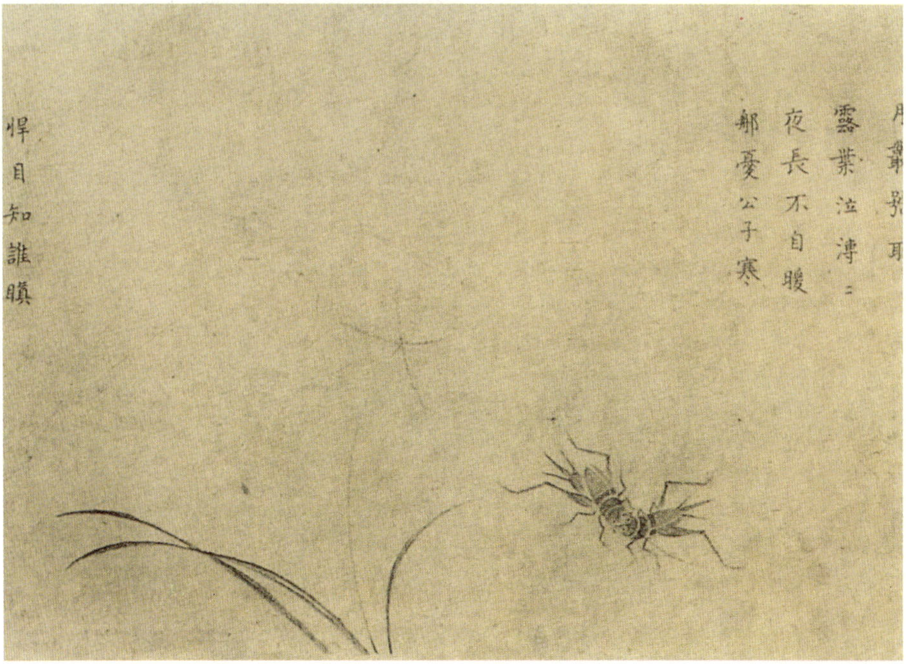

蟋蟀

齐己

声异蟪蛄声①，听须是正听。
无风来竹院，有月在莎庭②。
虽不妨调瑟③，多堪伴诵经④。
谁人向秋夕⑤，为尔欲忘形⑥。

【难点疏通】

①蟪蛄：蝉的一种。 ②莎庭：长满莎草的庭院。莎草，多年生草本，多生长在湿地或河边。 ③瑟：一种乐器。 ④多堪：大多可以。 ⑤谁人：哪个人。向：面对。 ⑥尔：指蟋蟀。

【诗义解说】

声音跟蟪蛄的声音完全不一样，听的时候一定要认真去听。没有风的时候它们来到长满翠竹的院子，有月亮的时候它们又来到长满莎草的院庭。大致说来它并不妨碍调弄琴瑟，多数情况下可以陪伴着朗诵佛经。哪个人能在这秋天的夜晚，为了你而忘了自己的身影。

宋·佚名《野蔬草虫图》

此图看起来像写生小品。绘有三种昆虫：蟋蟀、蝴蝶、蜻蜓和一棵青菜。青菜是全图的中心，叶片松散但不失为茂盛，蟋蟀已快接近蔬菜，而白蝴蝶和黑蜻蜓从不同角度正向蔬菜飞来。全图用笔精细，将物象描绘得栩栩如生，写实性非常强。设色淡雅，画面虽小，但意趣无穷。

蚕

咏蚕

蒋贻恭

辛勤得茧不盈筐①，
灯下缫丝恨更长。
著处不知来处苦②，
但贪衣上绣鸳鸯③。

【难点疏通】

①不盈：不满。 ②著处：穿在身上。来处：来的地方。 ③但：只是。贪：喜欢。

【诗义解说】

辛辛苦苦弄得一些蚕茧还不满一筐，在灯下抽取蚕丝心里的怨恨像丝一样长。穿衣服的人不知道得来的辛苦，只是喜欢衣服上绣着的鸳鸯。

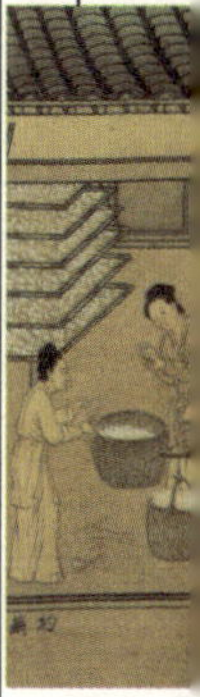

南宋·佚名《蚕织图》

这幅长卷由二十四个场面组成，每段都标有节气和生产周期，从“腊月浴蚕”、“谷雨前第一眠”到抽丝结茧、织绢、入箱等工序都做了细致的表现。书中有七十一个人物，姿态各异，生动逼真。画法采用线描加淡彩。这里选的是其中的一段。

百虫

草虫

李咸用

如缫如织暮幽幽①，应节催年使我愁②。
行客语停孤店月③，高人梦断一床秋④。
风低藓径疑偏急⑤，雨咽槐亭得暂休。
须付画堂兰烛畔⑥，歌怀醉耳两悠悠⑦。

【难点疏通】

①缫（sāo）：把蚕茧浸在热水里，抽出蚕丝。幽幽：草虫的鸣叫声。②应节催年：到了一定的年节它就开始鸣叫。③行客：远行的客人。孤店：孤零零的旅店。④高人：才识超过一般的人。梦断：梦醒。⑤风低：风低吹。藓径：长满苔藓的小路。疑偏急：怀疑虫们偏要叫得急促。⑥兰烛：散发着兰草香气的蜡烛。畔：边。⑦歌怀：虫声如歌入人心怀。醉耳：虫声入耳使人心醉。悠悠：形容声音缓慢细长。

【诗义解说】

如缫丝如织布到傍晚虫声不断，到了节令它就催促年华过去让我发愁。远行在外的人在月光下的孤店里因听虫鸣停止了说话，高人的梦境被虫鸣吵醒起来一看满床的秋。秋风低吹在长满苔藓的小路上虫儿的叫声反而更急，阴雨连绵槐树亭旁它们才暂时停止啁啾。应该把它们放在华美的厅堂散发着兰草香气的蜡烛旁，虫鸣浸入心怀使人陶醉双方都思绪悠悠。

元·钱选《草虫图》

在这秋的季节，水中一株枯荷，岸边野草纷披，而这里却成了草虫的天堂。草丛里蝗虫飞来蹦去，空中飞行着蜻蜓和蜜蜂，各具姿态，十分生动。几只蜻蜓正在围剿一群蒙虫，荷叶上还趴着两只青蛙，可见作者对生活观察细致入微。布局疏密得当，生意盎然。